组织学与胚胎学
实验指导和图谱

主 编　魏丽华　苏衍萍　崔海庆

上海科学技术出版社

图书在版编目(CIP)数据

组织学与胚胎学实验指导和图谱/魏丽华,苏衍萍,
崔海庆主编. 一上海:上海科学技术出版社,2004.8
　ISBN 978－7－5323－7633－9

　Ⅰ.组... Ⅱ.①魏...②苏...③崔... Ⅲ.①人体
组织学－医学院校－教学参考资料②人体胚胎学－医学
院校－教学参考资料　Ⅳ.R32

　　中国版本图书馆 CIP 数据核字(2004)第 060295 号

上海世纪出版股份有限公司
上海科学技术出版社　出版发行
(上海钦州南路 71 号　邮政编码 200235)
新华书店上海发行所经销
苏州望电印刷有限公司印刷
开本 787×1092　1/16　字数 173 000
印张 5.5　插页 18
2004 年 8 月第 1 版
2011 年 1 月第 4 次印刷
ISBN 978－7－5323－7633－9/R·1972
定价:24.00 元

内 容 提 要

本书分实验指导和彩色图谱两部分。实验指导以提高学生自学能力、思维能力和综合素质为指导思想,每章编排了实验目的、实验内容及观片方法、思考题,并配有主要的英语专业词汇和英文小结。图谱部分与教科书及多媒体课件中的图片可相互补充,取长补短;图谱配合实验指导,图文并茂,实用性强。适用于医学院校本科、专科和成人教育的组织学与胚胎学实验课教学,也可作为自学、复习及教学参考书。

前　言

　　组织胚胎学是基础医学的主干课程,属于形态学科,直观性和实践性很强,在实验室借助显微镜观察是本门课教学中的重要环节。近年来,随着现代生命科学的迅猛发展,多学科知识的相互渗透,其教学内容不断深入拓展,教学模式、教学手段也发生了很大改变,如多媒体教学课件的广泛应用,双语教学的逐步开展,对实验课教学也提出了新的要求。为适应教学改革和教学实际的需求,我们编写了这本《组织学与胚胎学实验指导和图谱》。

　　本书是按照全国高等医学院校教学大纲要求,参照最新教材内容,结合我们多年的教学经验和体会编写而成的,编排章节与顺序与教材一致。

　　本书的主要特点是:

　　1. 实验内容中设有一览表,使学生对每次观片内容和要点一目了然。文字部分描述简明扼要,重在引导、启发和指导学生掌握学习规律、快速准确观察,提高观片效果。

　　2. 为配合双语教学的进行,每章都有英文小结(Summary)和部分重要专业英语词汇,图谱部分采用简单的英文注释,使学生在获取专业知识的同时,循序渐进地接触专业英语,逐步提高专业英语水平。

　　3. 本书中有精选的图片190余幅,大部分为重点观察内容。除个别电镜照片外,全部是我组技术人员精心制作的优质切片标本的数码摄像彩色原照,图片清晰、结构典型、真实达意,指导性强。

　　本教材在编写过程中,得到了我院各级领导的大力支持,得到了上海科学技术出版社的大力协作、指导和帮助,在此表示衷心的感谢!

　　由于我们学识所限,加之时间仓促、经验不足,书中不足和错误之处在所难免,恳请同行专家和同学们给予帮助和指正。

魏丽华

2004 年 5 月 20 日

目　录

第一部分 实 验 指 导

第1章 组织学绪论

Histological Introduction

组织学研究正常机体微细结构与相关功能的关系,是一门形态学科。实验是组织学教学的重要组成部分,主要是使学生通过利用显微镜观察组织切片的过程,达到掌握学科知识和培养能力的目的。并通过实验过程培养学生严谨的科学态度。

一、实验注意事项

1. 实验课应携带教科书、实验指导、彩色铅笔、橡皮、绘图本(纸)等,穿工作服。
2. 实验前应复习好理论,按照进度预习实验指导。
3. 正确使用和爱护显微镜,各人的座位号便是显微镜号,取出显微镜,了解显微镜的构造、性能、使用及维护方法。
4. 显微镜、组织切片及实验室其他用具,损坏后应照章赔偿。
5. 实验室仪器、设备、切片标本不得带出室外。
6. 保持实验室安静,服从指导,严禁喧哗或干扰他人。
7. 保持实验室整洁,实行卫生值日制,离开时注意关好水、电、门窗。

二、常用实验工具——普通光学显微镜

1. 普通光学显微镜的构造 主要由支架部分、机械部分和光学部分组成。

(1) 支架部分:①镜座:支持着整个显微镜。②镜臂:是镜筒、载物台、调焦旋钮和聚光器的支持结构。

(2) 机械部分:①载物台:又称工作台或镜台,台正中的孔称镜台孔。台上装有标本移动器,其作用是用来固定标本和调节标本的位置。②镜筒:其上端装有目镜,下端连接物镜转换器。③物镜转换器(镜盘):是可旋转的圆盘形结构,其上装有放大不同倍数的物镜镜头。④调焦旋钮安装在镜臂上,有粗调旋钮和细调旋钮两种。旋转前者可大幅度调节物镜与标本之间的距离,而后者只作细微的调节。

(3) 光学部分:①反射镜(反光镜):安装在镜座上,其功能是将光线反射至聚光器。反射镜有平面和凹面两个面,因凹面采光能力强,故常用;使用内置电光源的显微镜无反射镜。②聚光器:由一组透镜组成,其功能是将来自反光镜的光线聚集到被观察标本上。前两者又称采光部分。其下方的光圈可开大或关小,用以调节光线的强度。③目镜:安装在镜筒头端,装有一个目镜的称单筒型显微镜(单目镜),两个目镜者称双筒型显微镜(双目镜),两目镜可被内外拉动,以调节眼间距,使双眼看到同一视野上。目镜放大倍数有 10 倍、15 倍、20

倍,常用10倍。④物镜:安装在镜盘上,放大倍数有4倍、10倍、40倍、100倍等,通常将10倍称作低倍镜,40倍称作高倍镜,100倍称作油镜。放大倍数为目镜和物镜的乘积。故后两者也称放大部分。

2. 普通光学显微镜的使用方法　正确使用显微镜可提高观察效果和速度,因此,不但要熟悉显微镜构造,更要掌握使用方法。

(1) 对光:将10倍物镜旋至正中;升高聚光镜,打开光圈;眼睛与目镜接触,旋转反光镜凹面,至看到视野明亮为止。内置电光源的显微镜无需对光,但要调节光的强度,光线太强,不但刺激眼睛,而且易损伤灯泡。

(2) 放置切片:将切片盖玻片面向上置于显微镜载物台上,操作标本移动器将标本调至中央适当位置。

(3) 调焦距:一般用10倍物镜,转动粗调旋钮,至被观察标本与物镜相距约0.5 cm处,再缓缓调节两者之间的距离,配合使用细调旋钮,直至图像清晰为止。如换用高倍镜,则在此基础上直接将镜头转至正中,然后操作细调旋钮,便可看到清晰的物像。

(4) 标本观察:调好清晰度后,按实验目的要求调节标本移动器,对切片进行仔细观察。

(5) 油镜的使用方法:在要观察部位的盖玻片上滴一滴香柏油,旋转物镜转换器,将100倍油镜头旋至正中,然后从侧面观察,使镜头浸入油中。缓缓调节细调旋钮至图像清晰。用完油镜,必须用二甲苯将镜头擦干净。

3. 使用显微镜的注意事项

(1) 搬动显微镜时要右手握镜臂,左手托镜座,贴于胸前,以防碰撞。切忌单手提显微镜,以防部件滑脱,造成损伤。

(2) 缓慢升降物镜,以免损伤切片。

(3) 要用特制的擦镜纸擦镜头,不得用手直接擦拭。显微镜经精心调试,并在镜头内安装了指针(在视野内看到的黑线),故不得震动和随便拆卸镜头及其他部件,出现故障或损伤立即报告,用完后包好放回原处。

三、常用制片技术

观察前要了解该标本的制作方式及染色方法。同一标本用不同的染色方法,所呈现的颜色不同,不同的染色方法所显示的结构不同,如硝酸银染色能显示网状纤维、网状组织,而在H-E染色的标本上则不能显示。为将结构显示的更好,要根据需要选择染色方法。

(一)石蜡切片苏木素和伊红(H-E)染色法

石蜡切片H-E染色法是最基本最常用的制片方法,下面简要介绍制作过程:

1. 取材(obtaining the specimen)　材料一般来自人尸体或手术切除的组织或器官,有的取自动物的组织或器官。最好在死后2 h以内取材,避免挤压、损伤和污染组织。材料大小一般不超过1.2 cm×0.5 cm×0.5 cm。

2. 固定(fixation)　固定的目的是避免组织自溶、腐败。固定使组织内的蛋白质变性凝固,使组织易于切片染色。常用固定剂有甲醛溶液、乙醇、重铬酸钾、醋酸与苦味酸等,常用10%甲醛。为提高固定或染色效果,可用复合固定剂。固定液的用量一般要大于组织块体积的 20 倍以上。材料固定一段时间后硬度增加,修整后继续固定。

3. 脱水(dehydration)及透明(clearing) 固定后的组织含有水分使石蜡难以浸入,所以,浸蜡前需用脱水剂(乙醇、甲醇或丙酮)脱去组织中的水分,常用的方法用 50%、70%、80%、90%、95%、100%梯度乙醇。然而,由于乙醇和石蜡不能混合,所以,乙醇脱水后的组织还需用能与乙醇和石蜡混合的脂溶剂(二甲苯、氯仿、甲苯等)取代组织中的乙醇并使石蜡易于浸入组织。脂溶剂浸透后的组织折光率增加,变得较为透明,故称为透明。

4. 浸蜡 将透明的组织块投入溶点为 54～56 ℃,56～58 ℃融蜡中,使蜡浸入组织细胞内。

5. 包埋(embedding) 组织块经上述处理后,置于盛有融蜡(56～58 ℃)的包埋盒中,待冷却。

6. 切片(sectioning)及贴片(mounted) 切片前将蜡块修成需要的形状,将其固定于切片机上,切成 5～10 μm 厚的薄片。将切好的(组织片)蜡片在温水中展开贴于清洁并涂有薄层蛋白甘油的载玻片上。置 37 ℃恒温箱内将贴片烘干。

7. 染色(staining) 染色前入二甲苯脱蜡,再依次入 100%、95%、90%、80%、70%、50%梯度乙醇及蒸馏水浸水,然后入苏木素(hematoxylin,紫蓝色碱性染料)染细胞核,用水洗去玻片上多余染液,再用盐酸乙醇分色,目的是使细胞核着色适度,背景清晰。经水洗后入伊红(eosin,红色酸性染料)染细胞质。

8. 脱水、透明 经 70%、80%、90%、95%、100%乙醇脱水。再经二甲苯透明,以增加组织透光度,提高观察效果。

9. 胶封(mounting) 在染好的标本上滴一滴树胶盖上盖玻片,晾干或烘干后可长期保存。

(二)普通组织化学技术——PAS 反应

PAS 反应是较常用的一种组织化学技术。其前期制片过程,从取材到切片及染色前切片脱蜡、浸水与石蜡包埋、切片与 H-E 染色法基本相同。浸水后的切片作如下处理:过碘酸氧化→水洗→希夫试剂→水洗→苏木素(染核)→脱水透明→胶封。此方法可用来显示基膜、糖原、黏液性腺细胞内的黏原颗粒等。

(三)免疫组织化学技术

将普通组织学技术和免疫组织化学技术有机地结合在一起,切片的前期和后期处理基本同普通组织学技术,但各步骤要求比较严格。不同之处主要是染色所用试剂为免疫组织化学试剂。

(四)电镜技术

制备超薄切片的程序与石蜡切片相仿,但要求极严格。主要区别是,所用固定液为戊二醛和锇酸,脱水后用树脂包埋,用超薄切片机切片,切片用醋酸双氧铀和枸橼酸铅双染色,透射电镜观察。如要观察标本的表面立体构像,则组织块不需切片,用以上两种固定液固定后再经脱水、干燥、表面喷碳和金属膜后扫描电镜观察。

(五)细胞培养技术

从机体取出细胞或组织块在体外适宜的营养、温度、pH、O_2、CO_2 浓度及无菌条件下进行培养,使细胞生长繁殖,用特殊显微镜对贴壁细胞进行观察。

四、实验步骤和方法

组织学实验内容和方法主要是用显微镜观察组织切片,以图谱、电子图谱、电镜照片、幻灯片、投影片、模型等辅助教学。观察切片过程中应注意以下几点。

1. 观察步骤　先用肉眼观察,然后用低倍镜,最后用高倍镜观察。必要时用油镜观察。

(1) 肉眼:观察组织的外形、断面、颜色等。

(2) 低倍镜:了解组织切片的全貌,确定结构类型,若是中空性器官应从内(腔面)向外逐层观察,注意各层的结构特点及层与层之间的关系。如果是实质性器官,应从外周(一般为被膜)至中心依次观察,重点观察实质的结构。

(3) 高倍镜:在低倍镜观察的基础上,进一步观察组织和细胞的微细结构包括细胞的形态,细胞间的相互关系及细胞间质的结构特点等。

(4) 观察切片过程中要开动脑筋,不但注意要求看什么,更要关注看到的是什么。要运用比较的方法,辨别不同组织结构的异同,以利于加深和巩固对其特点的认识。

2. 注意事项

(1) 实验用所有切片多为石蜡切片苏木素和伊红(H-E)染色标本。

(2) 应重视低倍镜下结构的观察。切勿因盲目追求放大倍数而直接用高倍镜观察。高倍镜虽然放大倍数大,但视野较小容易忽略全貌,以致观察结果不全面、不准确、甚至错误。

(3) 取材和切片制作过程中,要经过复杂的技术处理,不可避免地对组织产生损伤,造成人工假象。如出血、上皮细胞脱落、组织间出现裂隙、皱褶、刀痕、染料残渣等,应注意区别。

(4) 注意平面和立体的关系,由于切片的部位和方向的不同,同一组织或器官可呈现不同的图像。

3. 绘图　绘图可以加强学生对于组织结构的理解和记忆,同时也是培养观察和综合分析能力的一个重要环节。绘图应在仔细观察并理解的基础上,选取典型部位绘制。图应力求反映镜下所见的真实结构。颜色应尽量与标本颜色相对应,如在 H-E 染色的标本上,细胞质着红色,细胞核着蓝色。图面设计、大小比例、颜色深浅、线条粗细要合理,注字时要求拉线平直、字头对齐、书写端正(提倡用英文注字)。

五、思　考　题

1. 石蜡切片 H-E 染色标本的制作主要经过哪些步骤?
2. 名词解释　①H-E staining②acidophilia③basophilia④PAS reaction

Summary

Histology method and tools in study

Light microscopy: Before we observe with light microscope the tissues must be prepared. The routine histological preparation for light microscope examination is a paraffin section stained with hematoxylin and eosin (H & E). The main stapes of the preparation are as follows: obtaining the specimen → fixation → dehydrating and embedding → cutting → staining → mounting.

Electron microscopy: a) Transmission electron microscopy (TEM), the structures identified with the electron microscope are called ultra-structure or sub-cellular structure. The procedures to deal with the sample are similar to those for light microscopy. However, the sample of the tissue must be much smaller, and the sections must be thinner (so called ultra-thin section). b) Scanning electron microscopy (SEM), this method is revealing the three-dimensional surface architecture of cells and tissues, so the specimen is not cut.

Histochemistry: Histochemistry combines histological method with chemical and biochemical method together to reveal the chemical composition of tissues and cells in situ. Many substances, such as proteins, amino acids, lipids, carbohydrates et al, can be detected in situ by this kind of techniques. As an example of this, the periodic acid-Schiff reaction (PAS reaction) is the most extensively used to localize polysaccharides, such as glycogen. If there are glycogen in cells, the red granules can be observed, we call it PAS reaction positive, conversely nagative.

Immunohistochemistry: Immunohistochemistry use labelled antibodies as specific reagents for localising the antigens whether or nor in the tissue or cell. This is a good method used in scientific research.

Other methods: Techniques now used in scientific research, such as in situ hybridization, image analysis, cell culture and tissue engineering, etc. are very modern methods, your would better know them because they are very useful.

(高慧英)

第2章 上皮组织

Epithelial Tissue

一、实验目的

1. 掌握不同器官中各种上皮组织的光镜形态结构特点。
2. 了解光镜下微绒毛、纤毛、基膜的形态结构特点。
3. 掌握不同面上细胞特殊结构的电镜结构特点,理解各自的功能。

二、实验内容

标本号	名称	取材	染色	观察要点	备注
94	甲状腺	狗	H-E	单层立方上皮,核外形及位置、游离面和基底面	
57	胆囊	人	H-E	单层柱状上皮,核外形及位置、游离面和基底面	
65	气管	胎儿	H-E	假复层纤毛柱状上皮,纤毛、杯状细胞和基膜	
46	食管	人	H-E	复层扁平上皮,表层、中间层及基底层	
72	膀胱	人	H-E	变移上皮,盖细胞、中间层及基底层	注意比较

(一) 单层立方上皮 (simple cuboidal epithelium)——甲状腺切片

1. 肉眼观察　标本呈长方形,为实质性器官。

2. 低倍镜观察　腺实质内有大量大小不等的腺泡切面,腺泡壁由单层立方上皮构成,腔内是该上皮细胞的分泌物。

3. 高倍镜观察　腺泡壁上皮细胞近似于立方形,胞质嗜酸性,核圆形位于细胞的中央。游离面朝管腔,基底面与结缔组织相贴。

(二) 单层柱状上皮(simple columnar epithelium)——胆囊横切面

1. 肉眼观察　切片标本呈半圆形,凹面为内表面,外观不整齐,着浅蓝色,为黏膜层,单层柱状上皮位于其表面,其余的部分染成红色,为胆囊壁的其他构造。

2. 低倍镜观察　腔面有许多高而分支的皱襞,其表面为单层柱状上皮。由于单层柱状上皮被斜切的缘故,常见有多层细胞核,似多层细胞排成复层。有的部位游离面可见成片或带状非细胞结构,是残留的胆汁。选择适当的切面用高倍镜进一步观察。

3. 高倍镜观察　柱状细胞(columnar cell)位于基膜上,呈高柱状,胞质染成粉红色,细胞核呈长椭圆形,位于细胞的近基底部,染色较浅。

（三）假复层纤毛柱状上皮（pseudostratified ciliated columnar epithelium）——气管横切面

1. 肉眼观察　气管横断面为环状结构,被覆腔面的薄层蓝紫色边缘是假复层纤毛柱状上皮,其深层着紫蓝色的半环状结构是软骨。

2. 低倍镜观察　上皮的游离面和基底面都很平整,细胞核的高低不一致。上皮的游离面可见有一层淡染的带状结构,是密集的纤毛。

3. 高倍镜观察　可见上皮有以下几种细胞组成。

（1）柱状细胞:细胞呈高柱状,顶部宽大达腔面,基部较窄,位于基膜上,核大,染色浅,位置较高,细胞表面有密集的纤毛。

（2）梭形细胞:细胞两端尖细中间较粗,细胞界限不甚清楚。胞质着色较深,核呈长椭圆形,位于细胞中央。

（3）杯状细胞:位于其他上皮细胞之间,形似高脚酒杯,其顶部膨大,底部较细窄。顶部常被染成淡蓝色或空泡状,空泡是因为杯状细胞所产生的分泌颗粒(黏原颗粒)在制片过程中被溶解所致。细胞核位于底部较窄的部分,呈扁圆形或三角形,着色较深。顶端达到上皮表面,无纤毛。

（4）锥形细胞:位于上皮基部,核小,染色深,呈椭圆形,位置较低。细胞界限不明显,顶端未及腔面。

（四）复层扁平上皮（stratified squamous epithelium）——食管横切面（未角化型）

1. 肉眼观察　食管横断面呈扁圆形,壁较厚,腔面因有数条纵行皱襞而不规则,管腔内表面着蓝紫色的一层即为未角化的复层扁平上皮。

2. 低倍镜观察　上皮由多层细胞构成,根据细胞形态特点,大致分为三层。上皮基底面凹凸不平,结缔组织伸入凹处形成乳头状结构。

3. 高倍镜观察　位于基底部的一层细胞较小,为立方或矮柱状,排列紧密,细胞界限不清,细胞质嗜碱性较强,细胞核呈椭圆形,可见有丝分裂像。中间为数层(8～9层)多边形细胞,细胞较大,核圆形,位于中央。向表面细胞逐渐变扁,呈梭形或扁平状,细胞核扁圆,与细胞长轴平行。

（五）变移上皮（transitional epithelium）——膀胱切片（收缩状态）

1. 肉眼观察　标本呈矩形,凹面不整齐为腔面,表面薄层结构着紫蓝色,为变移上皮所在处。

2. 低倍镜观察　上皮细胞较厚,7～8层,表层细胞大,嗜酸性较强,基底面较平坦。

3. 高倍镜观察　细胞层数较多,表层细胞大,呈立方形,称为盖细胞。盖细胞胞质丰富,核圆形,有的可见双核。中间数层细胞呈多边形或倒梨形。基层细胞呈立方形或低柱状。

注意:①在以上各上皮深层的结缔组织中可见大小不同的血管,腔面一层扁平的细胞是单层扁平上皮即内皮细胞。②在气管壁和食管壁内看到的泡状结构为外分泌腺,前者以浆液性腺泡为主(细胞核呈圆形),后者为黏液性腺泡(细胞核呈扁圆形)。在有关章节还要作详细介绍和观察。

三、思　考　题

1. 上皮组织位于什么部位,有何功能? 各类上皮的分布部位及各自的功能是什么?
2. 在切片上如何将上皮组织与结缔组织区别开来。
3. 镜下如何区别复层扁平上皮和变移上皮。
4. 在结缔组织中是否看到了血管,其游离面的上皮为哪种,形态如何?
5. 在哪种切片上看到了何种腺?
6. 名词解释　①microvillus②cilium③gap junction④basement membrane⑤plasma membrane infolding

Summary

Epithelial tissues (epithelium) are classified, according to their structure and function, mainly into two types: covering epithelium and glandular epithelium. The primary function of the epithelia is protection, absorption, secretion, ion transport and excretory, et al.

Covering epithelium: Covering epithelium is a basic tissue consisting of closely apposed cells, forming continuous layer covering an outside surface or lining an inner surface of the horror organs. An epithelium made up of a single layer of cells is a simple epithelium, and if there are multiple layers, this is stratified epithelium. In all instances, the lowermost cells rest on basement membrane, and connected with connective tissue.

Glandular epithelium and gland: Epithelium specialized for secretion is termed glandular epithelium. The organ mainly composed of glandular epithelium is called gland. Glands usually are divided into two main groups: exocrine and endocrine.

（高慧英）

第3章 结缔组织

Connective Tissue

一、实 验 目 的

1. 掌握结缔组织的分类、分布和结构特点。
2. 掌握并辨别疏松结缔组织中不同细胞成分和纤维成分的形态结构特征。
3. 了解致密结缔组织、脂肪组织和网状组织的结构特点。

二、实 验 内 容

标本号	名 称	取 材	染 色	观 察 要 点	备 注
10	L. C. T 铺片	小鼠	特染	成纤维细胞、肥大细胞、巨噬细胞及脂肪细胞 胶原纤维和弹性纤维	
11	L. C. T 切片	大鼠	H-E	切片和铺片的不同	
	D. C. T 切片	大鼠	H-E	胶原纤维和成纤维细胞	示教
88	皮肤	人	H-E	脂肪细胞	示教
35	淋巴结	人	镀银	网状细胞、网状纤维	示教
57	胆囊	人	H-E	浆细胞	示教
	肉芽组织	人	H-E	成纤维细胞	示教

(一) 疏松结缔组织 (loose connective tissue)

该片为皮下组织或肠系膜铺片,是活体注射胎盘蓝后,取少量皮下组织,在载玻片上牵拉成薄片,用升汞纯乙醇饱和液——Susa-Ⅱ液固定,甲苯胺蓝和醛品红染色。

1. 肉眼观察 标本呈薄层棉絮状。

2. 低倍镜观察 可以看到纵横交错的纤维束,其中大部分是胶原纤维,呈宽窄不等的红色条索状。弹性纤维较少,染成紫蓝色,呈细丝状直行,断端呈卷曲状。在纤维之间有许多点状结构为细胞的核。可见三五成群的肥大细胞,有的标本中可见到着色深的毛细血管网和网间的脂肪细胞。

3. 高倍镜观察 分辨两种纤维成分和四种细胞成分。

(1) 纤维:①胶原纤维(collagenous fiber):染成粉红色,较粗大,呈波浪状,有分支交织成网。②弹性纤维(elastic fiber):染成紫色,比胶原纤维细直,因为折光性强,所以看起来比较表浅,也有分支,交织成网状。

(2) 细胞:①成纤维细胞(fibroblast):数量最多,胞体大,扁平多突起,胞质嗜碱性,但是在铺片上很难看到其全貌,为什么? 核大扁卵圆形。②巨噬细胞(macrophage):胞体多为不规则形,也有圆形和椭圆形者,胞质多呈嗜酸性,因为吞噬了胎盘蓝颗粒,因此胞质内含有大小不等,分布不均的蓝色颗粒,核小,圆形或肾形。它与成纤维细胞有何区别? ③肥大细胞:常分布于小血管周围,胞体较大,呈圆形或椭圆形,胞质内充满紫色颗粒,颗粒粗大,大小一致,数量多,以致使细胞呈紫黑色,难以辨清颗粒的形态,故选择颗粒较稀少者观察。核小圆形,位于细胞中央。④脂肪细胞:常成群分布,胞体大,呈圆形或卵圆形,核扁,在一侧。

(二)疏松结缔组织

该片为大鼠皮下组织,石蜡切片,H-E 染色。

1. **低倍镜观察** 为大块较疏松的粉红色区域,大部分为红色条块,有横、纵、斜各方向的断面(说明了什么?),是胶原纤维。之间夹杂着弹性纤维,两者不易区分,纤维之间有散在分布的细胞核,可见成团的空泡状的脂肪细胞。

2. **高倍镜观察** 纤维排列疏松,方向不一。细胞核大部分为椭圆形或梭形,染色深,其周围的细胞质不易辨认,细胞类型不能区分。脂肪细胞呈空泡状,为制片过程中脂滴被溶解所致,核扁圆形或月牙形被挤在一侧。

(三)脂肪组织(adipose tissue)

该片为人的指皮,Susa 液固定,石蜡切片,H-E 染色。

1. **肉眼观察** 标本上染成红色或紫蓝色的弯曲边缘是指皮的表皮,其下方染色浅的部位是脂肪组织。

2. **低倍镜观察** 脂肪组织被疏松结缔组织分割成许多小叶,小叶内有成团的脂肪细胞,在制片过程中,由于细胞内的脂滴被乙醇溶解,故细胞呈空泡状。在结缔组织内有血管、神经断面。

3. **高倍镜观察** 脂肪细胞。

(四)致密结缔组织(dense connective tissue)

显微镜观察:大量胶原纤维密集平行排列,细胞较少,分布于纤维之间,呈扁平状,有突起。

(五)网状组织(reticular tissue)

网状纤维具有嗜银性,又称嗜银纤维,主要分布在淋巴器官和造血器官,可见黑褐色的网状纤维呈分支细网状,网架之间有许多散在的细胞,其中核较大,胞质较多的为网状细胞;核小而圆的为淋巴细胞。网状细胞和网状纤维构成网状组织,是构成淋巴结的支架。

(六)浆细胞(plasma cell)

显微镜观察 在上皮深面可找到浆细胞,其胞体圆形或卵圆形;胞质嗜碱性强,染成紫蓝色。胞核大、圆、偏居一侧,染色质粗且密集,排列成车轮状,中央可见核仁。

(七)成纤维细胞(fibroblast)

1. **低倍镜观察** 可见新鲜的肉芽组织内成纤维细胞密集排列,并可见到许多新生毛细血管。

2. 高倍镜观察　成纤维细胞呈梭形多突起,胞核椭圆形,大而染色浅,位于细胞中央,核仁清楚,胞质嗜碱性强,染成蓝色。

三、思 考 题

1. 疏松结缔组织中有哪些细胞? 分别有何形态结构特征? 有什么功能?
2. 疏松结缔组织中有几种纤维? 各种纤维由什么组成? 有何特性和功能?
3. 本章组织切片中,你所看到的细胞和纤维有哪些,其他为什么看不到?
4. 名词解释　①macrophage②fibroblasts③plasma cell

Summary

Connective tissue is composed of cells and extracellular matrix, which consists of ground substance and fibers. Its primary functions include providing structural support, serving as a medium of exchange, aiding in the defense and protection of the body, and forming a site for storage of fat.

The connective tissue can be classified into connective tissue proper, blood, cartilage tissue and bone tissue. We always call connective tissue proper as connective tissue, and which can be classified again into 4 types: loose connective tissue, dense connective tissue, adipose tissue and reticular tissue.

Loose connective tissue is also known as areolar connective tissue. It is characterized by abundant ground substance and tissue fluid housing the fixed connective tissue cells: fibroblasts, adipose cells, macrophages, and mast cells, as well as some undifferentiated cells. Also scattered throughout the ground substance are loosely woven collagen, reticular, and elastic fibers.

Dense connective tissue contains most of the same components found in loose connective tissue except that it has many more fibers and fewer cells. The orientation and the arrangements of the bundles of collagen fibers of this tissue make it resistant to stress. When the collagen fiber bundles are arranged randomly, the tissue is called dense irregular connective tissue. When fiber bundles of the tissue are arranged in parallel or organized fashion, the tissue is called dense regular connective tissue, which is divided into collagenous and elastic types.

The collagen fibers form mesh-like network interspersed with fibroblasts and macrophages. Reticular tissue forms the architectural framework of liver sinusoids, adipose tissue, bone marrow, lymph node, spleen, smooth muscle, and the islets of Langerhans.

Adipose tissue is classified into two types based on whether it is composed of unilocular or multilocular fat cells. Other differences between the two types of adipose tissue include color, vascularity, and metabolic activity.

(苏衍萍　李亚鲁)

第4章 血液、淋巴和血发生

Blood, Lymph and Hematopoiesis

一、实验目的

1. 掌握油镜的使用方法。
2. 掌握红细胞、网织红细胞、各类白细胞和血小板的结构特点。
3. 了解血涂片的制作方法。
4. 了解血液发生、发育过程中的形态变化过程。

二、实验内容

标本号	名称	取材	染色	观察要点	备注
8	血涂片	人	Wright	红细胞、中性粒细胞、嗜酸粒细胞、嗜碱粒细胞、淋巴细胞、单核细胞和血小板	
9	血涂片	兔	煌焦油蓝	网织红细胞	示教

(一) 血涂片(blood smear)

无菌条件下,用采血针取耳垂或指尖血,用载玻片一端蘸取少许血液,再用另一载玻片一端放在血滴前,成45°角,待血滴沿推片散开后,稍用力均匀前推,铺成一血膜,自然干燥后,经 Wright 染色。

1. 低倍镜观察 涂片中有大量橘红色、无核的红细胞,胞体较大的、数量较少的为有核白细胞,选择涂片较薄,白细胞数量多的区域,换成高倍镜观察。

2. 高倍镜观察 ①红细胞(erythrocyte):胞质染成橘红色,其中央色浅,周围色深,为什么? 其形态结构与其功能有何关系? ②白细胞:为球形,胞质内含有特殊颗粒的有粒白细胞有中性粒细胞、嗜酸粒细胞、嗜碱粒细胞;单核细胞和淋巴细胞为无粒细胞,细胞核不分叶。③血小板:为形态不规则的胞质小块,常成群分布在其他细胞之间。

3. 油镜观察 ①中性粒细胞(neutrophil):数目较多。直径 $10\sim12\ \mu m$,胞质中有许多细小的淡红色及少量淡紫色颗粒,分布均匀。核呈弯曲杆状或分叶状,有 2～5 叶,叶间有细丝相连。②嗜酸粒细胞(eosinophil):数目较少,标本中较难找到。直径 $10\sim15\ \mu m$,核常为 2 叶,胞质中充满粗大、均匀的嗜酸性颗粒,染成亮红色。③嗜碱粒细胞(basophil):数目最少,极难找到。直径 $10\sim12\ \mu m$,核呈"S"形或不规则形,常被颗粒所遮盖而轮廓不清,胞质中含大小不等、分布不均的嗜碱性颗粒,呈蓝紫色。④淋巴细胞(lymphocyte):数目较多,多为小淋巴细胞,直径与红细胞相似,核圆形,一侧常有小凹陷,染色质浓密呈块状,染成深蓝色,胞质少,呈蔚蓝色。中淋巴细胞体积较大,形态与小淋巴细胞相似,胞质较多,偶见淡紫色嗜天青颗粒,核染色质略稀疏,着色略浅。⑤单核细胞(monocyte):体积最大,数量较少,胞质丰富,呈灰蓝色,内含较多淡紫色的嗜天青颗粒。核马蹄形、肾形、或不规则形,染色质细而疏松,故着色较浅。⑥血小板(blood platelet):是形状不规则的胞质小块,直径2~4 μm,成群分布于血细胞之间,中央有细小的紫蓝色颗粒,周边透明,呈浅蓝色。

(二) 网织红细胞

取兔血一滴,滴在预先准备好的煌焦油蓝色膜上,推成血膜,血膜干后用 Wright 染液复染。

高倍镜或油镜观察:网织红细胞略大于成熟红细胞,胞质内有染成蓝色的细网与颗粒,它们是细胞内残留的核糖体。

三、思 考 题

1. 血液中的血细胞有哪几种? 正常值各是多少? 什么是血像?
2. 红细胞和网织红细胞各有什么结构特点? 血红蛋白有什么功能?
3. 白细胞如何分类? 怎样在光镜下区分各种白细胞? 各种白细胞执行什么功能?
4. 血小板的形态结构及功能。
5. 名词解释　①neutrophil②plasma③serum④erythrocyte ghost⑤hemopoietic inductive microenvironment

Summary

Blood is a specialized connective tissue composed of formed elements — red blood cells, white blood cells, and platelets — suspended in a fluid component, the extracellular matrix, known as plasma. If 'normal' fresh blood is placed in a test-tube and allowed to stand, it soon clots. Eventually, the blood clot begins to contract and expresses a straw-colored fluid termed as serum. In fact serum is the plasma from which the protein fibrinogen has been removed by clotting.

Each erythrocyte resembles a biconcave disk without nuclei. This shape provides erythrocytes with a large surface-to-volume ratio, thus facilitating gas exchange. On the basis of the presence and type of granule in their cytoplasm and the shape of the nucleus, leukocytes are classified into two groups: granulocytes and agranulocytes. Granulocytes have nuclei with two or more lobes and include the neutrophils, eosinophils and basophils. Agranulocytes do not have specific granules; this group includes the lymphocytes and monocytes. Leukocytes are involved in the cellular and humoral defense of the organism against foreign material. Platelets promote blood clotting and help repair gaps in the walls of blood vessels, preventing loss of blood.

Mature blood cells have a relatively short life span, and consequently the population must be continuously replaced with the progeny of stem cells produced in the hematopoietic organs. In the earliest stages of embryogenesis, blood cells arise from the yolk sack mesoderm. Sometime later, the liver and spleen serve as temporary hematopoietic tissue. Erythrocytes, granular leukocytes, monocytes, and platelets are derived from hematopoietic stem cells located in bone marrow.

（苏衍萍　李亚鲁）

第5章 软骨和骨

Cartilage and Bone

一、实 验 目 的

1. 掌握透明软骨的结构特点。
2. 了解弹性软骨、纤维软骨的结构特点。
3. 掌握骨组织和长骨骨干密质骨的结构特点。

二、实 验 内 容

标本号	名 称	取 材	染 色	观 察 要 点	备 注
65	气管	狗	H-E	软骨细胞、软骨陷窝、软骨囊、同源细胞群	
16	骨切片	人	硫堇-苦味酸	内、外环骨板,骨单位,中央管,骨陷窝,骨小管,间骨板	
	耳郭	人	Weigert	弹性纤维和软骨细胞	示教
	椎间盘	人	H-E	胶原纤维束、软骨细胞、软骨囊、同源细胞群	示教
19	指骨	胎儿	H-E	破骨细胞、成骨细胞	示教

(一) 透明软骨(hyaline cartilage)

1. 肉眼观察 标本呈环形,其中可见淡蓝色的"C"形结构,即透明软骨环。

2. 低倍镜观察 气管腔面为假复层纤毛柱状上皮,外为结缔组织,其中含有腺体,再往外可见透明软骨环,包在软骨环周围的致密结缔组织即为软骨膜(perichondrium),分内、外两层,外层纤维多,细胞少,内层则相反。

靠近软骨膜的软骨细胞(chondrocyte)较小,扁椭圆形,单个存在,靠近中央的变大、变圆,常成群分布称同源细胞群(isogenous group)。软骨细胞生活状态充满软骨陷窝(cartilage lacuna),切片中,软骨细胞皱缩,周围的腔隙,即部分软骨陷窝。基质中的胶原原纤维,光镜下看不到,为什么? 包在软骨陷窝周围的基质呈强嗜碱性,即软骨囊(cartilage capsule)。

3. 高倍镜观察 软骨细胞、软骨囊、同源细胞群和软骨膜。

(二) 弹性软骨(elastic cartilage)

1. 低倍镜观察 耳郭表面覆以皮肤,深面有染成长条状的弹性软骨。

2. 高倍镜观察　软骨细胞核和软骨基质未被染色。弹性纤维着深棕色,交织成网,分布于基质中。

(三) 纤维软骨(fibrous cartilage)

1. 低倍镜观察　可见大量排列的胶原纤维束;软骨细胞较小而少,成行排列在纤维束之间,基质弱嗜碱性。

2. 高倍镜观察　软骨细胞。

(四) 骨(bone)

脱钙骨,为人长骨纵、横切面,硫堇-苦味酸染色。

1. 肉眼观察　含纵、横两个断面,其中含有许多纵行管道的为纵断面。

2. 低倍镜观察　横切面。

(1) 外环骨板:环绕骨干的外表面,较厚、较齐,可见横向穿行的穿通管。

(2) 哈弗斯系统(骨单位 osteon):为同心圆状结构,每个骨单位中央有一个较粗的圆形管道,为中央管(central canal),周围为同心圆状排列的骨板和位于其内的骨陷窝(bone lacuna),骨陷窝内有骨细胞。

(3) 间骨板(interstitial lamella):为骨单位间的一些不规则的、平行排列的骨板。有时可见连于两个中央管之间的横行穿通管(perforating canal)。

(4) 内环骨板:位于骨髓腔面,较薄而不规则。有的切片上看不到内环骨板,为什么?

3. 高倍镜观察　骨板内及骨板间可见排列有序的骨陷窝和骨小管,骨细胞的胞体位于骨陷窝内,向四周放射状排列的即骨小管。突起伸入骨小管(bone canaliculus)内。

纵断面上,中央管为较粗的纵行管道,周围为平行排列的骨板,其内有骨陷窝、骨小管,可见横行的穿通管。

(五) 软骨内成骨

为人胎儿指骨切片。

1. 低倍镜观察　由软骨一端开始,向中央逐渐区分以下几部分。

(1) 软骨储备区:软骨细胞较小,胞体呈圆形或椭圆形,细胞分散,基质呈弱嗜碱性。

(2) 软骨增生区:软骨细胞三五成群,纵行排列,细胞较小而扁,向骨干部体积逐渐增大。

(3) 软骨钙化区:细胞体积增大,胞质呈空泡状,或细胞退化。软骨基质因钙盐沉淀,呈强嗜碱性。

(4) 成骨区:在蓝色纵行的残余软骨表面,有薄层红色的新生骨组织。此种骨组织犬牙交错的伸向不规则的小腔,即初级骨髓腔。在骨组织的表面可见到胞体较大、胞质嗜酸性的破骨细胞。

2. 高倍镜观察　识别成骨细胞和破骨细胞。

(1) 成骨细胞:是位于成骨区骨组织表面的一层立方形或矮柱状细胞,核椭圆形,胞质嗜碱性,染成紫蓝色。

(2) 破骨细胞:位于骨髓腔中或骨质的表面,胞体较大,有数个细胞核,胞质嗜酸性,染成红色。

三、思 考 题

1. 软骨组织由什么构成？分几种类型？依据什么分类？
2. 何谓同源细胞群？软骨基质中主要含什么成分？为何软骨囊呈强嗜碱性？
3. 什么是骨密质，其排列方式？何谓骨单位？
4. 骨组织的结构特点？
5. 名词解释 ①isogenous group②Haversian system（osteon）③osteoclast④osteoblast

Summary

Cartilage and bone are both specialized connective tissue. Cartilage possesses a firm pliable matrix that resists mechanical stresses. Bone matrix, on the other hand, is one of the hardest tissues of the body, and it too resists stresses placed upon it. Both of these connective tissues possess cells that are specialized to secrete the matrix in which the cells become trapped.

Cartilage possesses cells called chondrocytes, which occupy small cavities called lacunae within the extracellular matrix they secreted. The substance of cartilage is neither vascularized nor supplied with nerves or lymphatic vessels; however, the cells receive their nourishment from blood vessels of surrounding perichondrium by diffusion through the matrix. The exracellular matrix is composed of glycosaminoglycans and proteoglycans, which are intimately associated with the collagen and elastic fibers embedded in the matrix. There are 3 types of cartilage based on the fibers present in the matrix: hyaline, fibrous and elastic cartilage, which differ from one another mainly by the type of fiber embedded in the matrix. Perichondrium is capable of forming new cartilage.

The main components of bone are osseous tissue, bone marrow, endosteum and periosteum. Osseous tissue is specialized connective tissue composed of intercellular material, the bone matrix, and 4 different cell types: (1) osteogenic cells which act as stem cell of bone tissue, may divide, differentiate into osteoblast; moreover, under certain conditions of low oxygen tension, these cells may differentiate into chondrogenic cells. (2) osteoblasts are associated with bone formation; (3) osteocytes are found in cavities (lacunas) within the matrix, and (4) osteoclasts are involved in the reabsorption and remodeling of osseous tissue. Inorganic matter, which forms hydroxyapatite crystals, represents about 65% of the dry weight of bone. The organic matter is composed of collagen fibers and the amorphous ground substance.

Bone formation during embryonic development may occur in two ways: intramembranous bone formation and endochondral bone formation. (1) intramembranous ossification occurs within a layer membrane of condensed mesenchymal tissue and (2) endochondral ossification takes place within a cartilaginous model, which is gradually destroyed and replaced by bone formed by incoming cells from surrounding periosteal connective tissue. The reconstruction and repair of the bone last the whole life, although at a slower rate.

（苏衍萍　王新成）

第6章 肌 组 织

Muscular Tissue

一、实 验 目 的

1. 掌握三种肌纤维光镜下的形态结构特点。
2. 比较骨骼肌和心肌在光镜下有何不同。

二、实 验 内 容

标本号	名 称	取 材	染 色	观 察 要 点	备 注
20	骨骼肌	人	H-E	骨骼肌纤维纵、横断面、核	
20	骨骼肌	人	铁苏木精	骨骼肌纤维纵、横断面、横纹	
36	心壁	狗	H-E	心肌纤维纵、横断面、核、闰盘、横纹	
22	心壁	狗	碘酸钠	闰盘和横纹	
72	膀胱	人	H-E	平滑肌纤维纵、横断面	

(一) 骨骼肌(skeletal muscle)——H-E 染色

1. 肉眼观察 标本为两块组织,分别为骨骼肌的纵、横切面。

2. 低倍镜观察 纵切面上肌纤维呈长带状,粗细均匀,平行排列。周边染色较深为肌膜,肌膜下有多个椭圆形的细胞核,其长轴与肌纤维长轴平行。注意肌纤维细胞核与周围结缔组织内的细胞核有何区别? 横切面上,肌纤维呈圆形或多边形,直径较大,胞核圆形,位于肌纤维的周边,含核断面较多,为什么?

3. 高倍镜观察 纵断面上可见明显横纹。着深红色的是暗带(dark band),其内有着色较浅的 H 带;明带(light band)着色浅,其中央有一条深色的细线称 Z 线。两条相邻 Z 线之间的一段肌原纤维称为肌节(sarcomere)。横切面上,肌膜(sarcolemma)明显,肌质内充满细小的点状结构,为肌原纤维(myofibril)横断面。

(二) 骨骼肌(skeletal muscle)——铁苏木精染色

1. 肉眼观察 标本为一长条黑蓝色的组织,为骨骼肌的纵断面。

2. 低倍镜观察 纵切面上肌纤维呈长带状,粗细均匀,平行排列。周边染色较深为肌膜,肌膜下有多个扁椭圆形的细胞核,其长轴与肌纤维长轴平行。

3. 高倍镜观察 纵断面上横纹明显。与 H-E 染色高倍镜观察对比有什么不同?

（三）心肌（cardiac muscle）

1. H-E染色

（1）肉眼观察：为一长条状结构,着色较红的为心肌。

（2）低倍镜观察：由于心肌纤维呈螺旋状排列,故镜下可见纵、横、斜各种不同断面。纵切面的心肌纤维呈条带状,多数有分支,相互连接成网状。横断面的心肌纤维呈圆形或椭圆形,直径较小。心肌纤维间有少量结缔组织和丰富的毛细血管。

（3）高倍镜观察：选择典型切面仔细观察,并与骨骼肌比较。纵断面上心肌纤维有明暗相间的横纹,但不如骨骼肌清晰;细胞核椭圆形,位于中央,有时可见双核。闰盘（intercalated disc）为相邻心肌纤维之间染色较深的直线形或阶梯状线,不甚明显。横断面上心肌纤维呈圆形或椭圆形,核位于中央,含核断面较少,肌原纤维呈点状,着红色,分布在肌质的周边;核周肌质丰富,着色较浅。

2. 碘酸钠染色

（1）肉眼观察：为一块紫蓝色的组织。

（2）低倍镜观察：可见许多心肌纤维分支吻合连接成网,之间有结缔组织和血管。

（3）高倍镜观察：选择典型的心肌纤维纵断面主要观察横纹和闰盘。

闰盘染色深,呈阶梯状或直线状,与心肌纤维的长轴相垂直。

（四）平滑肌（smooth muscle）

1. 肉眼观察　膀胱壁较厚,有上皮的腔面着色较深,外方染成红色的为平滑肌。

2. 低倍镜观察　在观察过的移行上皮深面找到平滑肌,其染色较周围结缔组织红。由于平滑肌在膀胱内排列方向不同,故可以见到平滑肌的纵、横及其斜断面。

3. 高倍镜观察　纵切面的肌纤维呈长梭形,胞质嗜酸性,胞核呈椭圆形或杆状,位于中央,收缩时核常扭曲而呈螺旋形;相邻的肌纤维排列紧密,相互嵌合成层。横切面的肌纤维呈大小不等的圆形,核圆形,居中央,含核断面少。

三、思 考 题

1. 试比较三种肌组织光镜结构的异同。

2. 何谓闰盘? 其光镜和电镜结构有什么特征?

3. 名词解释　①sarcomere②myofibril③intercalated disc④sarcoplasmic reticulum

Summary

Muscle tissue is unique in that it can contract and perform mechanical work. The muscle cells are commonly referred to as muscle fibers. There are three kind of muscle tissue: skeletal muscle, cardiac muscle and smooth muscle. Skeletal muscle and cardiac muscle are often called striated muscle. Because the intracellular contractile proteins form an alternating series of transverse bands along the cell when viewed with the light microscope. Smooth muscle is so called because the contractile proteins are not arranged in the same orderly manner and the transverse bands are absent. Skeletal muscle is under voluntary control and sometimes called voluntary muscles. Cardiac muscle and smooth muscle is not under conscious control and is often called involuntary muscle.

As observed with the light microscope, longitudinally sectioned muscle cells of fibers show cross-striations of alternating light and dark bands. The darker bands are called A bands; the lighter bands are called I bands. In the electron microscope, each I band is bisected by a dark transverse line, the Z line. The smallest repetitive subunit of the contractile apparatus, the sarcomere, extends from Z line to Z line is about 2.5 um long in resting muscle. A unique and distinguishing characteristic of cardiac muscle is the presence of dark-staining transverse lines that cross the chains of cardiac cells at irregular intervals. These intercalated disks represent junctional complexes found at the interface between adjacent cardiac muscle cells. Smooth muscle is composed of elongated, nonstrited cells, each of which is enclosed by basal lamina and a network of reticular fibers.

The muscle cells (fibers) are surrounded and supported by connective tissue that also supports their blood supply and nerve supply.

（苏衍萍　王新成）

第7章 神经组织

Nerve Tissue

一、实验目的

1. 掌握多极神经元的形态结构特征。
2. 掌握有髓神经纤维的结构特征。
3. 掌握各种神经末梢的形态特征。
4. 了解大脑和小脑的结构。

二、实验内容

标本号	名 称	取材	染 色	观 察 要 点	备 注
30	脊髓	猫	H-E	多极神经元、尼氏体、树突、轴丘	
24	坐骨神经	猫	H-E	轴突、髓鞘、神经膜、郎飞结	
88	手指皮	人	H-E	触觉小体和环层小体	
	肋间肌压片	猫	氯化金	运动终板	示教
	大脑	人	硝酸银	锥体细胞、星形胶质细胞	示教

(一) 多极神经元(multipolar neuron)

标本为猫脊髓横断面。

1. 肉眼观察　呈扁圆形。灰质(gray matter)位于中央,染色较深,呈 H 形或蝴蝶形,是神经元胞体集中的地方。周围染色较浅的部分为白质(white matter),是神经纤维和神经胶质集中的地方。灰质较宽的两侧突起为前角。

2. 低倍镜观察　先找到前角,内有许多体积较大、形状不规则的胞体即运动神经元。胞体周围神经元和神经胶质细胞的突起交织成网,之间小而深染的细胞核为神经胶质细胞(neuroglial cell)的核。选择一较完整的神经元换高倍镜观察。

3. 高倍镜观察　神经元胞体大,形态不规则,核大而圆,染色浅,核仁大而明显;胞质内含有许多嗜碱性团块或颗粒,为尼氏体(Nissl bodies)或嗜染质。多数胞突内可见尼氏体,该突起为树突(dendrite)。轴突(axon)只有一条,不易见到。轴突起始部位呈圆锥形,称为轴丘(axon hillock),染色淡,为什么?

(二) 神经纤维与神经(nerve fiber and nerve)

1. 肉眼观察　标本上有两块组织,长条形的是神经的纵切面,圆形的是横切面。

2. 低倍镜下观察　纵断面上,神经纤维平行排列,比较紧密,纤维间界限不易辨认。之间含有少量结缔组织。

3. 高倍镜观察　选择一条有郎飞结的纤维进行观察,可见:①轴突(axon):位于神经纤维中央,为一紫红色的线状结构,常被切断。②髓鞘(myelin sheath):位轴突两侧,呈染色较淡的细网状,这是制片过程中髓鞘的磷脂被溶解,仅残留少量的蛋白质所致。③神经膜(neurilemma):位于髓鞘两侧,为红色的细线,是由施万细胞外层胞质及基膜组成。可见卵圆形的施万细胞核。④郎飞结(Ranvier node):为一缩窄部,此处的轴膜裸露。相邻两个郎飞结之间的一段神经纤维称结间体(internode)。神经纤维之间的少量结缔组织为神经内膜。

横断面可见:①神经外膜(epineurium):包绕在整个神经干外方的结缔组织。②神经束膜(nerve fascicles):包绕每一束神经的结缔组织。③神经内膜(endoneurium):为每条神经纤维周围的少量结缔组织。④神经纤维(nerve fiber):呈大小不等的圆形结构,中央紫红色的小点为轴突,之间浅染的区域为髓鞘。⑤神经膜(neurilemma):为髓鞘表面浅红色的薄膜,有时能看到 Schwann 细胞核。

(三)触觉小体和环层小体(tactile corpuscle and lamellar corpuscle)

1. 肉眼观察　紫蓝色的部位为复层扁平上皮,即表皮,其深层为结缔组织,即真皮。

2. 低倍镜观察　表皮的基底面凹凸不平,结缔组织突入其中的乳突状结构为真皮乳头层,在该层内可见淡红色椭圆形结构,即触觉小体。在真皮深层结缔组织(网状层)内,可见体积较大、呈同心圆形排列的小体,即环层小体。

3. 高倍镜观察　触觉小体和环层小体。

(四)运动终板(motor end plate)

镜下观察:在终板处可见失去髓鞘的神经纤维末端,止于肌膜并分散成爪状。一条神经纤维上的葡萄状终末与骨骼肌相接触,两者共同构成运动终板。

(五)大脑锥体细胞及星形胶质细胞(pyramidal cell and astrocyte of brain)

镜下观察:锥体细胞和星形胶质均染成棕黑色。

锥体细胞胞体形似锥体,尖端发出一条较粗的主树突,侧面发出许多水平的树突,轴突自胞体底部发出。星形胶质细胞胞体呈星形,胞体上发出许多突起,无树突、轴突之分。

三、思　考　题

1. 光镜下如何区分白质与灰质,神经细胞与神经胶质细胞?

2. 有髓神经纤维是如何形成的,中枢神经系统内的与周围神经系统内的有髓神经纤维有什么不同?

3. 名词解释　①Nissl body②synapse③neurofibril④blood-brain barrier

Summary

Nerve tissue is distributed throughout the body as an integrated communication network. Structurally, nerve tissue consists of nerve cells, or neurons, and several types of glial cells, of neuroglia. Most neurons consist of 2 parts: the cell body, or perikaryon; the dendrites, and the axon. perikaryon contains Nissl body, neurofibril, mitochondria, Golgi apparatus, lipofuscin, et al.

According to the size and shape of their processes, most neurons can be placed in one of the following categories: multipolar neurons, bipolar neurons, pseudounipolar neurons.

Neurons can also be classified according to their function: Motor neurons and sensory neurons. Neurons can also be classified according to their contain neurotransmitters: cholinergic neurons; aminergic neurons; aminoacidergic neurons and peptidergic neurons.

Synapses are the sites where contact occurs between neurons or between neurons and other effector cells. Most synapses are chemical synapses. Under the electron microscope, the plasma membranes of chemical synapses at the pre-and postsynaptic regions are reinforced and appear thicker than membranes adjacent to the synapse. The thin intercellular space is called the synaptic cleft. The presynaptic terminl always contains synaptic vesicles and numerous mitochondria. The vesicles contain neurotransmitters.

In the central nervous system neurogliocyte include several varieties: astrocyte, oligodendrocyte, microglial cell, and ependmal cell. In the peripheral nervous system neurogliocyte contains Schwann cell and satellite cell.

The peripheral nervous system is composed of nerve fibers and small aggregates of nerve cells called nerve ganglia. (cerebrospinal ganglia and autonomic ganglia)

Nerve fibers consist of axons enveloped by neuroglia. In peripheral nerve fibers, the sheath cell is the Schwann cell, and in central nerve fibers it is the oligodendrocyte.

When enveloped by myelin sheath, the thicker fibers are known as myelinated nerves. Axons of small diameter are usually unmyelinated nerve fibers, they are composed of sensory nerve endings and motor nerve endings. The sensory nerve ending is classified to four types. They are free nerve ending, tactile corpuscle, lamellar corpuscle and muscle spindle. The motor nerve ending contains somatic and visceral motor nerve ending.

（苏衍萍）

第8章 神经系统

Nerve System

一、实 验 目 的

1. 了解大脑皮质的层次结构。
2. 了解小脑皮质的层次结构。

二、实 验 内 容

标本号	名 称	取 材	染 色	观 察 要 点	备 注
26	大脑	猴	H-E	大脑皮质的分层	
28	小脑	人	H-E	小脑皮质分层、蒲肯野细胞	

(一) 大脑

1. **肉眼观察** 大脑表面着色深的为皮质,深层着色浅的为髓质。

2. **低倍镜观察** 分清皮质和髓质。①皮质:位大脑表面,由神经元、神经胶质细胞和无髓神经纤维组成。皮质内有许多着色深的细胞,主要为皮质内的神经元。大脑皮质分为六层,但在普通染色的标本中不容易分清各层的界限。在皮质较深的部位仔细观察,可以见到许多锥体细胞,其尖端伸向皮质表面。②髓质:位于皮质深层,有神经胶质和有髓神经纤维组成。

3. **高倍镜观察** 选择锥体细胞相对多的区域,从皮质表层至深层,大体区分分子层、外颗粒层、外锥体细胞层、内颗粒层、内锥体细胞层及多形层,有的部位3、5层的锥体细胞胞体易分辨,呈锥体形,可见顶端伸向皮质浅层。

(二) 小脑(cerebellum)

1. **肉眼观察** 表面有许多凹凸不平的沟回,最外层浅粉色为小脑皮质分子层,最内层浅粉色的为小脑髓质,中间染色较深部分为皮质颗粒层。

2. **低倍镜观察** 小脑皮质分三层。①分子层(molecular layer):位于皮质浅层,较厚,含大量神经纤维,呈浅红色,其间可见少量细胞核,主要为星形细胞和篮状细胞的胞核。②蒲肯野细胞层(Purkinje cell layer):由一层蒲肯野细胞的胞体组成,夹在分子层和颗粒层之间,细胞排列较松散,胞体大,呈梨形。③颗粒层(granular layer):由小神经元和神经胶质细胞组成,神经元数量多,排列密集,主要由颗粒细胞和一些高尔基细胞构成。髓质位于皮质深层,染色较浅,与皮质界限清楚。

3. 高倍镜观察　蒲肯野细胞胞体大,梨形,核大、核仁明显。从胞体顶部发出的树突常被切断。颗粒层内,细胞间可见嗜酸小团块,即小脑小球。

三、思 考 题

1. 大脑皮质分为几层?
2. 小脑蒲肯野细胞的结构和功能?

Summary

The central nervous system consists of the brain and the spinal cord.

In cross sections of the spinal cord, white matter appears peripherally and gray matter appears centrally, assuming the shape of an H. In the center of the horizontal bar of this H is an opening, the central canal.

The cerebellar cortex has 3 layers: an outer molecular layer, a central layer of Purkinje cell, and inner granular layer.

The cerebrum also has a cortex of gray matter and a central area of white matter in which are found the nuclei of gray matter.

The cerebral cortex has 6 layers: molecular layer, external granular layer, external pyramidal layer, internal granular layer, internal pyramidal layer, polymorphic layer.

The meninges consist of dura matter, arachnoid and pia mater.

The blood-brain barrier is composed of capillaries, endothelial cells, basal laminas, neuroglial membrane.

（苏衍萍）

第9章 眼和耳

Eye and Ear

一、实验目的

1. 掌握眼球壁各层的组织结构。
2. 了解内耳的结构,掌握壶腹嵴、位觉斑和螺旋器的组织结构及其功能意义。

二、实验内容

标本号	名称	取材	染色	观片要点	备注
97	眼球	人	H-E	区分眼球壁三层结构,重点观察角膜、视网膜	
100	内耳	豚鼠	H-E	膜蜗管三个壁,螺旋器	
	内耳	豚鼠	H-E	椭圆囊斑、球囊斑	示教

(一) 眼球(eyeball)(97 号,人眼,平行于眼轴的火棉胶切片)

1. 肉眼观察 辨认角膜、巩膜、虹膜、睫状体和晶状体,明确前房、后房及瞳孔的位置。

2. 低倍镜观察 区分眼球壁三层膜结构,然后依次观察。

(1) 纤维膜(fibrous tunic):由致密结缔组织构成,包括前面的角膜和后面的巩膜。①角膜(cornea):位于眼球前方,稍向前凸,染成粉红色。②巩膜(sclera):与角膜连续,其前部表面覆有球结膜。巩膜前方和角膜移行处为角膜缘(corneal limbus)。

(2) 血管膜(vascular tunic):位于纤维膜内面呈棕黑色,由富含血管和色素细胞的结缔组织构成。自前向后依次为,①虹膜(iris):游离于角膜之后,晶状体之前的薄膜,其根部与睫状体相连。②睫状体(ciliary body):自虹膜向后增厚的部分,切面呈三角形。③脉络膜(choroid):紧贴巩膜内面,与睫状体相连续。脉络膜的最内层是一层均质透明的薄膜即玻璃膜。

(3) 视网膜(retina):衬于脉络膜内面,由多层细胞构成。

3. 高倍镜观察 重点识别、观察角膜和视网膜的组织结构。

(1) 角膜:从前向后共分五层。①角膜上皮(corneal epithelium):为未角化的复层扁平上皮,细胞5～6层,上皮基底部平直,无乳头结构。②前界层(anterior limiting lamina):为一层染成浅粉红色的均质膜。③角膜基质(corneal stroma):较厚,由许多与表面平行排列的胶原纤维组成,其间有少量扁平的成纤维细胞。④后界层(posterior limiting lamina):为一层均质浅染的薄膜。⑤角膜内皮(corneal endothelium):在角膜的最内层,为单层扁平上皮(想一想角膜透明的组织结构基础有哪些)。

(2) 视网膜:自外向内主要由四层细胞组成:①色素上皮(pigment epithelial cell)层:位于玻璃膜内面,由单层矮柱状细胞组成,核圆形,染色浅,胞质内含有粗大的棕黄色色素颗粒。②视细胞(visual cell)层:位于色素上皮的内侧,由视锥细胞和视杆细胞组成,在光镜下不易区分这两种细胞,其细胞核聚集排列,树突部分伸向色素上皮层,染色浅,轴突伸向双极细胞层。③双极细胞(bipolar cell)层:位于视细胞层的内侧,主要由双极细胞和水平细胞组成,细胞界限不清楚。细胞核圆形或椭圆形,密集排列,细胞的突起在光镜下不易分辨。④节细胞(ganglion cell)层:位于视网膜的最内侧,由胞体较大的节细胞组成,细胞排列疏松,核大而圆,染色浅,核仁清楚。其轴突汇集在一起形成视神经。

视神经穿出视网膜处,呈乳头状隆起称视神经乳头(papilla of optic nerve)。该处染色浅,由视神经纤维组成,其中可见视网膜中央动、静脉。

(二) 内耳(inner ear)(100 号,豚鼠耳蜗)

1. 肉眼观察　标本呈不规则形,中央染成较深的粉红色结构为蜗轴,其两侧各有 3～4 个圆形断面即骨蜗管的切面。每个骨蜗管被中央的膜蜗管分隔为上下两部分,上方为前庭阶,下方为鼓室阶。

2. 低倍镜观察　膜蜗管(membranous cochlear duct)的切面呈三角形,其顶壁为前庭膜(vestibular membrane),较薄;外侧壁的上皮为复层柱状,上皮内有血管分支伸入,故称血管纹(stria vascularis),血管纹下方为增厚的骨膜,称螺旋韧带;底壁由内侧的骨螺旋板(osseous spiral lamina)和外侧的基底膜构成。骨螺旋板是蜗轴骨组织向外延伸形成,其起始部骨膜增厚并突入膜蜗管形成螺旋缘。螺旋缘上皮形成的粉红色胶质盖膜盖在螺旋器上方。基底膜为薄层结缔组织膜,其上皮增厚,形成螺旋器(spiral organ)。

3. 高倍镜观察　重点识别、观察螺旋器的组织结构。

螺旋器又称 Corti 器,由支持细胞和毛细胞组成,支持细胞又分柱细胞和指细胞等。柱细胞基部较宽,中部细长,排列为内、外两行,分别称内柱细胞和外柱细胞。内、外柱细胞在基底部和顶部彼此连接,中部分离,围成一条三角形的内隧道(inner tunnel)。内柱细胞内侧有 1 列内指细胞,外柱细胞外侧有 3～5 列外指细胞。指细胞呈杯状,顶部凹陷中托着一个毛细胞。内毛细胞呈烧瓶状,外毛细胞呈高柱状,胞质嗜酸性,顶部有许多静纤毛。螺旋神经节位于蜗轴内,其神经元的末梢分布于内、外毛细胞基部。

(三) 椭圆囊斑(macula utriculi)或球囊斑(macula sacculi)(豚鼠内耳,示教)

椭圆囊斑和球囊斑是椭圆囊和球囊的黏膜局部增厚、上皮特化而成的斑块状隆起,上皮由支持细胞与毛细胞组成。光镜下上皮细胞的形态不易分辨,位于基底部、排列紧密的细胞核为支持细胞的细胞核,位于胞质中上部、较大的为毛细胞的细胞核。固有层结缔组织增厚,略高于周围。位砂膜为上皮表面的均质膜。

三、思　考　题

1. 试述角膜的组织结构和功能。

2. 简述房水循环途径。

3. 试比较两种视细胞结构和功能的异同。

4. 试述听觉的产生途径。

5. 试述内淋巴和外淋巴是如何产生的?

6. 名词解释　①corneal limbus②papilla of optic nerve③stria vascularis④spiral organ⑤maculae acustica⑥crista ampullaris

Summary

Each eyeball is formed by three layers, the fibrous tunic, the vascular tunic and the neural tunic (or retina), which have structural / nutritive functions or form the optic and photoreceptive apparatus of the eye. The fibrous tunic is the eye's outmost tunic, which has two main portions, the transparent avascular cornea and the opaque sclera. The junction between them is the corneal limbus. The vascular tunic is the middle tunic of the eye, which includes the choroid, ciliary body and iris. The retina is considered an extension of CNS. Under the light microscope, the retina is made up of the bodies and processes of the pigment epithelial cells, the visual cells, the bipolar cells, and the ganglion cells. The visual cells are the rods and cones. Both have outer segment, inner segment, an cell body and et al.

The inner ear consists of a complex of bony labyrinth, which houses the delicate membranous labyrinth and its organs of hearing and balance. The maculae acustica are the macula utriculi and the macula sacculi, which respond to maintaining the normal position of the body. While the structure in the sensory crista ampullaris resemble those in the maculae acustica. The cochlea is the part of the labyrinth concerned with hearing. Within it, the membranous cochlear duct has a triangular shape, with a roof (the vestibular membrane), a lateral wall (mainly the stria vascularis, an unusual epithelium covering many capillaries that produce the endolymph), and a floor, which includes the spiral organ of Corti and the osseous spiral lamina. The spiral organ having 2 major cell types (supporting and hair cells) is highly sensitive to vibration.

（石运芝）

第10章 循 环 系 统

Circulatory System

一、实 验 目 的

1. 掌握心壁的组织结构。
2. 掌握大动脉、中动脉和小动脉的组织结构特点。
3. 了解静脉管壁的结构特点。
4. 掌握毛细血管光镜和电镜结构。

二、实 验 内 容

标本号	名 称	取 材	染 色	观片要点	备 注
36	左心室壁	羊心	H-E	心内膜,心肌膜,心外膜,蒲肯野纤维	
33	中动脉和中静脉	人	H-E	内膜,内弹性膜,中膜,外弹性膜,外膜	
34	大动脉	人	H-E	内膜,中膜,外膜,弹性膜	
	中动脉	人	弹性染色	内弹性膜和外弹性膜	示教
	毛细血管整装	大鼠	H-E	管壁结构特点	示教

(一)左心室壁 (the wall of left ventricle)(36号,羊心)

1. 肉眼观察 标本中凸凹不平的一面是心内膜,相对的一面是心外膜,两者之间较厚的是心肌膜。

2. 低倍镜观察 区分三层膜结构,然后依次观察。

(1) 心内膜(endocardium):包括内皮和内皮下层。①内皮:为靠近心腔内表面的单层扁平上皮。②内皮下层:靠近内皮的一层较薄,由细密的结缔组织构成,含少许平滑肌,但无血管。靠近心肌膜的一层,也称心内膜下层,为疏松结缔组织,内含小血管、神经和蒲肯野纤维。

(2) 心肌膜(myocardium):主要由心肌纤维构成,可见不同切面的心肌纤维,肌纤维间有少量结缔组织和丰富的毛细血管。

(3) 心外膜(epicardium):为浆膜,由一层间皮和其下面的薄层结缔组织组成,常见小血管、神经及脂肪组织。

3. 高倍镜观察 重点识别、观察心内膜的蒲肯野纤维和心肌膜内各种血管及闰盘结构。

(1) 蒲肯野纤维(Purkinje fiber):位于心内膜下层,比心肌纤维粗大,形状常不规则。细胞核较大,胞质内肌原纤维较少且多分布于细胞的周边,故核周胞质着色浅淡。

(2) 闰盘(intercalated disk)：在心肌膜内，心肌纤维较规则的纵切面上，相邻心肌纤维连接处较深的红色线样结构即为闰盘。另外，在心肌纤维间还可以观察到不同切面的小动脉、微动脉及与其伴行的静脉血管和丰富的毛细血管。

（二）中动脉(medium-sized artery)和中静脉(medium-sized vein)(33 号)

肉眼观察标本上管壁厚、管腔小而圆者为中动脉；管壁薄、管腔大而不规则者为中静脉。

1. 先观察中动脉

1) 低倍镜观察：观察整个动脉管壁的厚度，区分三层膜的界限，注意三层膜的厚度比例。

在靠近管腔面可见一条发亮的、波浪状的粉红色线条，此为内弹性膜。在肌性中膜与外层结缔组织的交界处，可见发亮的粉红色弹性纤维层或一层明显的弹性膜，即外弹性膜。内弹性膜与其以内的部分为内膜；外弹性膜与其以外的部分为外膜；内、外弹性膜之间较厚的部分为中膜。

2) 高倍镜观察：仔细观察三层膜的结构。

(1) 内膜 (tunica intima)：很薄，由管腔面向外可分为三层。①内皮：仅见其扁平或梭形的深蓝色胞核向管腔内突出。②内皮下层：为内皮下极薄层结缔组织。③内弹性膜：粉红色，折光较强，弯曲成波浪状的条带结构。

(2) 中膜 (tunica media)：最厚，主要由 10～40 层环行平滑肌构成，肌纤维间有少量染成亮红色、弯曲的弹性纤维和颜色淡的胶原纤维。

(3) 外膜 (tunica adventitia)：稍薄，由疏松结缔组织构成，内含小血管和较多的神经纤维。其外弹性膜紧靠中膜分布，多为纵行弹性纤维的横切面，呈大小不等的亮红色点状结构，有的为一层波浪状亮红色条带结构，但不如内弹性膜明显。

2. 然后观察中静脉

1) 低倍镜观察：与中动脉相比，中静脉的管壁较薄，三层膜分界不明显，中膜平滑肌数量少，外膜比中膜厚。

2) 高倍镜观察：

(1) 内膜：很薄，由内皮和内皮下层构成，内弹性膜不明显。

(2) 中膜：较薄，平滑肌数量少，排列稀疏。

(3) 外膜：较厚，为疏松结缔组织。可见平滑肌束的横切面，但没有外弹性膜。

（三）大动脉(large or elastic artery)(34 号，主动脉横切面)

1. 肉眼观察　本片为大动脉横断面，标本呈圆形，染成红色的结构为大动脉管壁。

2. 低倍镜观察　区分管壁三层膜的结构及其厚度比例。内膜较薄着色浅，中膜最厚着色较深，外膜为结缔组织。

3. 高倍镜观察

(1) 内膜：由内皮和内皮下层构成。内皮下层因制片时管壁收缩而不明显，内弹性膜与中膜的弹性膜相连续，故内膜和中膜分界不显著。

(2) 中膜：最厚，主要由 40～70 层弹性膜和夹在其间的平滑肌纤维和胶原纤维等结构构成。弹性膜为均质的粉红色波浪形线条。

（3）外膜：为疏松结缔组织，内含营养血管，外弹性膜不明显。

（四）示教（demonstration）

1. 中动脉（特殊染色）　管壁中内弹性膜和外弹性膜呈紫蓝色。
2. 毛细血管（capillary）　整装（疏松结缔组织铺片）。

镜下显示分支吻合呈网的毛细血管，其管径小，壁薄，仅由一层内皮细胞和其外少量结缔组织构成，腔内可见血细胞（想一想毛细血管的超微结构特点、分类和主要分布部位）。

三、思 考 题

1. 简述心室壁的组织结构。
2. 比较大、中、小动脉的光镜结构特点和功能。
3. 比较中动脉与中静脉的区别。
4. 简述毛细血管的分类、结构特点及分布。
5. 名词解释　①Purkinje fiber②Sinusoid③microcirculation

Summary

The circulatory system distributes oxygen to the tissue of the body and collects carbon dioxide and other waste products of metabolism from them. It consists of the cardiovascular system and lymphatic vascular system.

In the cardiovascular system, the blood pumped from the heart passes through arteries of diminishing caliber to networks of thin-walled capillaries, and then back to the heart through veins of increasing caliber. The wall of the heart is made up of three layers: the endocardium, the myocardium, and the epicardium. While the blood vessels of various sizes and types have the common structural pattern with the exception of capillaries, i. e. their walls are divided into three layers or tunics, the tunica intima, the tunica media, and the tunica adventitia. The wall of capillaries only has the tunica intima, which typically only consists of the endothelium, its basal lamina and an incomplete layer of cells surrounding the capillary, the pericytes. Based on the features of the endothelium three types of capillaries can be distinguished: continuous capillaries, fenestrated capillaries, and sinusoidal capillaries.

The lymphatic system made up of thin-walled vessels that carry excess fluid from the interstitial compartment back to the blood. Three types of lymph vessels can be distinguished based on their size and morphology: the lymphatic capillaries, the lymphatic vessels, and the lymphatic ducts.

（石运芝）

第11章 皮　　肤

Skin

一、目 的 和 要 求

1. 掌握表皮和真皮的基本结构、功能。
2. 熟悉汗腺、触觉小体和环层小体的结构、功能。

二、实 验 内 容

标本号	名　称	取　材	染　色	观 片 要 点	备　注
88	指皮	人	H-E	基底层　棘层　颗粒层　透明层　角质层 汗腺分泌部和导管　触觉小体　环层小体	
89	头皮	人	H-E	毛根　毛囊　毛球　毛乳头　立毛肌　皮脂腺	注意比较

(一) 指皮(无毛皮)

1. **肉眼观察**　标本表面深红色和深面紫蓝色的部分为表皮;其下方染色浅红色部分为真皮和皮下组织。

2. **低倍镜观察**　表皮(epidermis)较厚,为角化的复层扁平上皮,从基底到表面可分为五层,基底部凹凸不平,与真皮分界清楚。真皮(dermis)位于表皮下方,分为乳头层和网织层。两者间无明显界限。乳头层紧靠表皮,较薄,由疏松结缔组织组成,此层伸入表皮底部,形成许多乳头状的隆起,称真皮乳头(dermal papillae)。乳头内可见丰富的毛细血管和触觉小体。网织层(reticular layer)在乳头层下方,较厚,由致密结缔组织构成。胶原纤维粗大,排列不规则,染成粉红色。其中有较大的血管和大小不等的神经纤维束,深层可见环层小体及汗腺。皮下组织在网织层的下方,由疏松结缔组织和脂肪组织组成,与网织层无明显分界。皮下组织(hypodermis)内含有血管、神经和汗腺。

3. **高倍镜观察**　主要观察表皮各层及汗腺、触觉小体和环层小体的结构。

(1) 基底层(stratum basale):位于基膜上,由一层矮柱状的基底细胞构成。胞质嗜碱性较强,故染成蓝色,核相对较大,呈椭圆形,染色较浅。

(2) 棘层(stratum spinosum):在基底层的上方,由4~10层多边形细胞组成。镜下可见细胞的表面有许多短小的棘状突起。细胞较大,界限清楚,胞核大而圆。

(3) 颗粒层(stratum granulosum):由3~5层较扁的梭形细胞组成。细胞核已退化,胞质内含有许多强嗜碱性的透明角质颗粒,染成深蓝色。

（4）透明层(stratum lucidum)：较薄，由 2～3 层扁平细胞组成，核已退化消失，细胞呈透明均质状，细胞界限不清，切片中不明显。

（5）角质层(stratum corneum)：较厚，由多层扁平的角质细胞组成。细胞已完全角化，细胞轮廓不清，胞质呈嗜酸性的均质状，染成粉红色。其中螺旋状成串的腔隙为汗腺排泄管的断面。

（6）汗腺(sweat gland)位于真皮深层及皮下组织中，由分泌部和导管两部分组成。分泌部由单层锥体形细胞围成，腺腔较小，腺细胞染色较浅，核圆，位于细胞近基底部。腺细胞外方有肌上皮细胞。导管由两层染色较深的立方形细胞围成。细胞较小，胞质嗜碱性。

（7）触觉小体(Meissner's corpuscle)：位于真皮乳头内，卵圆形，外包结缔组织被囊，其中含有数个横列的扁平细胞。

（8）环层小体(Pacinian corpuscle)：位于真皮深层和皮下组织，圆形或卵圆形，体积较大，由多层扁平细胞呈同心圆状环绕而成。

（二）头皮（有毛皮）

1. 肉眼观察　表皮深染、较薄，真皮中可见毛根。
2. 镜下观察　与指皮对照观察。
（1）表皮：为角化的复层扁平上皮。棘层薄，透明层和颗粒层不明显，角质层很薄，染成粉色。
（2）真皮：乳头层不明显。
（3）皮肤附属器：①毛发：毛干(hair shaft)露在皮肤外部，有的已脱落，毛根(hair root)位于皮肤内，染成棕黄色或棕褐色。毛囊(hair follicle)包裹毛根，分为两层内层为上皮鞘，外层为结缔组织鞘。毛根和毛囊末端膨大部分为毛球(hair bulb)，其底面内凹处结缔组织伸入形成毛乳头(hair papilla)。②立毛肌(arrector pili muscles)：为斜行的平滑肌束，连于毛根和皮肤表面。③皮脂腺(sebaceous gland)：位于毛囊一侧，分泌部呈泡状，染色浅，导管与毛囊相连。可见分泌部周边细胞小，越向中心细胞越大，胞质染色越浅，含有空泡越多，导管部由复层扁平上皮构成。④汗腺(sweat gland)：同指皮。

三、思　考　题

1. 简述皮肤的组成及结构特点。
2. 皮肤附属器有哪些，简述其光镜下的组织结构。

Summary

The integument is composed of the skin, which covers the entire body, in addition to accessory organs derived from skin. The accessory organs include the nails, hair, and glands of various kinds.

Skin consists of two layers：(1)the epidermis, which is classified as keratinized stratified squamous epithelium; and (2)the dermis (corium), which is composed of connective tissue. Beneath the dermis is the hypodermis or subcutaneous superficial fascia, which may be composed primarily of fatty connective tissue, a stored energy reserve.

The most abundant cells in the epidermis (epithelium) are termed keratinocytes because they synthesize keratin in increasing amounts as they progress toward the free surface and exfoliation. Keratin constitutes about 85 percent of the total protein of the uppermost layer (stratum corneum). Only three other cell types are found in the epidermis; they are not abundant but have significant functional activity. The epithelium varies in thickness in different regions of the body but is usually 0. 1 mm thick (given ranges are from 0. 07 to 0. 12 mm). In the skin of the palms and soles, however, it may be 0. 8 to 1. 4 mm in thickness. The epidermis of the palm and sole is thick (so-called thick skin) and has five morphologically distinct layers. From the deepest outward, the layers are (1) stratum basale, (2)stratum spinosum, (3)stratum granulosum, (4)stratum lucidum, and (5)stratum corneum.

（刘立伟）

第12章 免疫系统

Immune System

一、目的和要求

1. 掌握胸腺、淋巴结和脾脏的组织结构。
2. 了解扁桃体的组织结构。

二、实验内容

标本号	名 称	取材	染 色	观 片 要 点	备 注
96	胸腺	人	H-E	皮质 髓质 被膜 小叶间隔 胸腺小体	
37	淋巴结	狗	H-E	被膜 小梁 皮质 髓质 淋巴小结 副皮质区 被膜下窦 小梁周窦 髓索 髓窦	
38	脾	狗	H-E	被膜 小梁 红髓 白髓 中央动脉 动脉周围淋巴鞘 淋巴小结 脾索 脾血窦	
	扁桃体	人	H-E	上皮 陷窝 淋巴组织	示教

(一) 胸腺 (thymus)

1. **肉眼观察** 标本为三角形,小叶外周着色较深的是皮质,中央较浅为髓质。

2. **低倍镜观察** 器官表面覆有结缔组织被膜,其伸入实质形成小叶间隔,把胸腺分成许多不完全的小叶。每个小叶的周围染色较深的为皮质,中央染色较浅的为髓质,其中可见染成粉红色的椭圆形结构为胸腺小体。

3. **高倍镜观察** 皮质内染色很深的为胸腺细胞的核,细胞质很少。有少数大而呈椭圆形染色较浅的为胸腺上皮细胞的核,细胞质略带粉红色。髓质内亦可见到淋巴细胞和胸腺上皮细胞,但淋巴细胞的数目比皮质少,排列也较分散。胸腺小体大小不一,由多层扁平的上皮性网状细胞围成。近小体中央的胞质变为嗜酸性,核消失。

(二) 淋巴结 (lymph node)

1. **肉眼观察** 标本呈椭圆形,外周着色较深的是皮质,中央深浅不一的是髓质。

2. **低倍镜观察** ①器官的表面为薄层结缔组织所构成的被膜(capsule),被膜伸入实质互相交织成网,形成小梁。有的标本可见淋巴结的门部,此处结缔组织较多,可见血管、输出淋巴管。②皮质(cortex)位于被膜下方,由浅层皮质、副皮质区和皮质淋巴窦组成。③浅层皮质(superfacial cortex):主要由淋巴小结和少量弥散淋巴组织构成。④淋巴小结(lymphoid nodule):细胞密集呈球形。淋巴小结之间为弥散的淋巴组织。⑤副皮质区(paracortex zone):位于皮质的深层,为较大片的弥散淋巴组织,与周围无明显分界,此区可见毛细血管后微静脉,管壁内皮为立方形,胞质丰富,核仁明显,切片中较难分辨。⑥皮质淋巴窦(cortical sinus):位于淋巴小结与被膜之间的称被膜下窦(subcapsular sinus),该窦为一宽敞的扁囊,包绕整个淋巴结皮质;位于淋巴小结与小梁之间的称小梁周窦(peritrabecular sinus)。⑦髓质(medulla):位于皮质的深层,由髓索和髓窦组成,与皮质无明显的界限。⑧髓索(medullary cord):染色深,由相互连接的索条状淋巴组织构成。⑨髓窦(medullary sinus):是髓质内的淋巴窦,染色浅,位于髓索之间或髓索与小梁之间。

3. 高倍镜观察 主要观察淋巴小结和淋巴窦。

(1) 淋巴小结:小结中央部分为大中淋巴细胞、巨噬细胞和滤泡树突状细胞,染色略浅,称为生发中心(germinal center)。有生发中心的淋巴小结称次级淋巴小结(secondary lymphoid nodule)。生发中心可分为暗区和明区。暗区(dark zone)较小,位于生发中心内侧部,主要由大的 B 细胞和 Th 细胞组成,胞质较丰富,嗜碱性强,因而着色较深。明区(light zone)较大,位于淋巴小结的中心,主要由中等大的 B 细胞、Th 细胞和巨噬细胞等组成,各种细胞镜下不易区分。生发中心的周围有一层密集的小淋巴细胞,尤以与暗区相对的顶部最厚,称为小结帽(nodule cap)。

(2) 淋巴窦(lymphatic sinus):窦壁由扁平的内皮细胞衬里,内皮外有薄层基质,少量网状纤维及扁平的网状细胞,镜下不易区分。内皮细胞的胞核长而扁,胞质不清,细胞间隙较大。窦内有淋巴细胞,星状的内皮细胞和巨噬细胞等。巨噬细胞较大,呈卵圆形或不规则形,核较小,染色较深,胞质染成红色,有时在胞质内可见吞噬的异物颗粒。

(三) 脾(spleen)

1. 肉眼观察 标本呈三角形,深染的组织片中可见散在分布的紫蓝色小点,即白髓(white pulp);其余部分为红髓(red pulp)。

2. 低倍镜观察 脾脏表面为被膜(capsule),由致密结缔组织构成,较厚,内含弹性纤维及平滑肌纤维,被膜表面有间皮覆盖。被膜伸入实质内构成小梁,小梁内有小梁动、静脉。白髓染成深蓝色,由密集的淋巴细胞构成,散在分布,包括动脉周围淋巴鞘、淋巴小结和边缘区。红髓由脾索和脾血窦构成。脾索(splenic cord)染成红色。呈条索状,脾索之间的狭窄空隙为脾血窦(splenic sinusoid)。

3. 高倍镜观察 主要观察动脉周围淋巴鞘、淋巴小结、边缘区、脾索、脾血窦。

(1) 动脉周围淋巴鞘(periarterial lymphatic sheath):为中央动脉(central artery)周围的厚层弥散淋巴组织。

(2) 淋巴小结(lymphoid nodule):又叫脾小体,位于动脉周围淋巴鞘的一侧,小结中央有时可见生发中心。

(3) 边缘区(maiginal zone):为位于红、白髓交界处的狭窄区域,淋巴细胞的密度介于白髓和红髓之间。红、白髓与边缘区之间并无明显分界。

(4) 脾索:为富含血细胞的索状淋巴组织,在脾血窦之间相互连接成网,其内含有较多的 B 细胞、浆细胞、巨噬细胞和各种血细胞,不必分辨。

（5）脾血窦：为不规则腔隙，大小不等，窦壁为长杆状内皮细胞，胞核突向管腔。

（四）扁桃体

1. 肉眼观察　标本呈卵圆形，表面着深蓝色线状部分为上皮，上皮向深面（固有层）凹陷为隐窝，其周围有大量蓝染的淋巴组织，淋巴组织的深面染成粉红色的结构为被膜。

2. 镜下观察

（1）上皮：为复层扁平上皮，上皮内常见少量染色较深的细胞核，为侵入上皮内的淋巴细胞。

（2）陷窝：上皮向固有层内凹陷形成陷窝。陷窝深部的复层扁平上皮内常见大量淋巴细胞及一些巨噬细胞侵入，因此上皮界限难以区分。

（3）淋巴组织：在隐窝周围的固有层内有许多淋巴小结和弥散淋巴组织。淋巴小结常见生发中心，其帽朝向上皮。

（4）被膜：位于扁桃体深层，由致密结缔组织构成。

三、思　考　题

1. 比较两类淋巴组织在结构上的异同。
2. 光镜下如何区分胸腺、淋巴结和脾脏？
3. 淋巴结内的淋巴窦与脾窦、淋巴结的髓索与脾索在结构和功能上有何异同？

Summary

The lymphatic system is responsible for the protection of the individual against a hostile external environment composed of foreign substances and organisms. Specific cells of this system can distinguish between ourselves specifically, "self," and seek out and inactivate or destroy many invasive foreign substances and organisms, "non-self." These cells are called immunocompetent cells, and the entire system is frequently termed the immune system. Lymphoid tissue consists of reticular cells and their secretory product, collagen Type 3 or reticular fibers, supporting masses of lymphocytes, macrophages, antigen-presenting cells, and plasma cells.

Lymphoid tissue is remarkably variable and may appear as a diffuse infiltration into the lamina propria of mucous membranes or as well-defined organs, such as the thymus. One classification of lymphoid tissue, based upon increasing structural/functional complexity, is (1)diffuse lymphoid tissue, (2)lymph nodules, (3)tonsils, (4)lymph nodes, (5)thymus, and (6)spleen.

The thymus consists of two lobes joined by connective tissue. Each lobe contains many lobules, which are 0.5 to 2 mm in diameter and which are incompletely separated from each other. A lobule is composed of a cortex and a medulla, which sends a projection to join with the medullae of adjacent lobules. The cortex consists of lymphocytes, which are densely and uniformly packed, obscuring the sparse reticular framework. The cortex lacks lymph nodules. The medulla stains less intensely as a result of thinning of the concentration of lymphocytes, and it is here that reticular cells can be recognized. Hassall's thymic corpuscles, located in the medulla, are diagnostic for identifying the thymus. The diameter of Hassall's corpuscles varies from 20 to 150 μm. The origin and nature of Hassall's corpuscles is unknown but may represent degeneration residue.

Lymph nodes are completely encapsulated ovoid structures, in contrast to the lymphatic tissue previously described, and are the immunologic filters of the lymph. The capsule admits afferent lymphatic vessels containing valves that provide one-way flow into the subcapsular sinus. The lymph circulates through sinuses located in the cortex (containing the lymph nodules) and the medulla (containing lymphatic cords), and leaves the node via larger but fewer efferent lymphatic vessels. These also contain valves and emerge from a specific region of the node, the hilus. Lymph nodes, which vary in size from 1 to 25 mm, receive their blood supply only at the hilus of the node. The arterial vessels enter both the trabeculae formed from the capsular connective tissue and the medullary cords, and they regionally supply the node by giving off capillaries; they continue to the cortex, where an arterial branch penetrates each cortical lymph nodule and forms a capillary plexus around the germinal center. From the capillary beds, blood is carried by veins, which follow a pathway similar to the arteries, leaving the node at the hilum along with efferent lymphatic vessels.

Sections of fresh spleen reveal two different regions, the so-called red and white pulps. The red pulp is traversed by a plexus of venous sinuses separated by lymphatic splenic cords. The venous sinuses contain tightly packed red blood corpuscles when they perform a storage function. The white pulp is composed of compact lymphoid tissue arranged in spherical or ovoid aggregations around arterioles (central arterioles). These aggregations are called splenic, or Malpighian corpuscles, and bear a resemblance to lymph nodules.

（刘立伟）

第13章 内分泌系统

Endocrine System

一、目的和要求

1. 掌握甲状腺的组织结构。了解甲状旁腺的组织结构。
2. 掌握肾上腺的组织结构。
3. 了解垂体的分部,重点掌握远侧部和神经垂体的组织结构。

二、实验内容

标本号	名称	取材	染色	观片要点	备注
94	甲状腺	狗	H-E	甲状腺滤泡 胶质 滤泡上皮细胞 滤泡旁细胞	
	甲状旁腺	狗	H-E	主细胞	
92	肾上腺	狗	H-E	球状带 束状带 网状带 髓质 中央静脉	
91	垂体	猪	H-E	远侧部 神经部 中间部 嗜酸性细胞 嗜碱性细胞 嫌色细胞 垂体细胞 赫令体	

(一) 甲状腺(thyroid gland)

1. 肉眼观察 标本呈红染的团块状。
2. 低倍镜观察 器官表面为由薄层结缔组织构成的被膜,被膜伸入实质内把甲状腺分为许多不明显的小叶,小叶内有许多大小不等的甲状腺滤泡,滤泡内有胶质(colloid),滤泡间有少量结缔组织,其中含有丰富的毛细血管。
3. 高倍镜观察 主要观察滤泡和滤泡旁细胞。①滤泡(follicle):大小不等,滤泡壁由单层立方上皮围成,有时也可由单层柱状或单层扁平上皮构成。中央为滤泡腔,腔内有红色胶质,有时可出现不着色的空泡。②滤泡旁细胞(parafollicular cell):位于上皮细胞之间或滤泡旁的结缔组织中。胞体比滤泡上皮稍大,胞质染色浅,因而显得明亮,故又称亮细胞。

(二) 甲状旁腺(parathyroid gland)

1. 肉眼观察 为甲状腺一侧的小团蓝染组织。
2. 低倍镜观察 可见大量腺细胞排列成索状或团块状,其间含有毛细血管和结缔组织。
3. 高倍镜观察 腺细胞主要有两种细胞。①主细胞(chief cell):数量多,核圆形,胞质染色较浅,细胞分界不清楚。②嗜酸性细胞(oxyphil cell):较主细胞大,胞质强嗜酸性,散在于腺实质中,也有的成小群存在。此标本未见。

(三)肾上腺(adrenal gland)

1. 肉眼观察　标本略呈三角形,外周为皮质染色较红,中央浅紫色为髓质。

2. 低倍镜观察　腺体表面为薄层结缔组织构成的被膜,腺实质分外周的皮质和中央的髓质。皮质由于细胞的形态结构与排列不同,自周边向中央依次可分为球状带、束状带和网状带,三者之间无明显界限。髓质,位于中央,较薄,由髓质细胞、中央静脉及交感神经节细胞组成。

3. 高倍镜观察　结合低倍镜观察,观察以下结构:

(1)球状带(zona glomerulosa):较薄,位于被膜下方,细胞呈矮柱状或多边形,较小,排列成球形的细胞团,胞质嗜碱性,核小染色深。

(2)束状带(zona fasciculata):是皮质中最厚的一部分,细胞较大呈多边形,排列成条索状。胞质内充满脂滴,故呈空泡状,核着色较浅。

(3)网状带(zona reticularis):位于皮质的最内层,细胞索相互吻合成网。细胞体积较小,核小染色深,胞质嗜酸性,内含脂褐素及少量脂滴,各带之间无明显分界,细胞间可见结缔组织及丰富的窦状毛细血管。

(4)髓质细胞:呈多边形,胞体较大,核圆形居中央,细胞排列成团索状。

(5)中央静脉(central vein):位于髓质中央,管腔较大,管壁不规则。

(6)交感神经节细胞:在髓质中分散存在,胞体大而圆。胞质嗜酸性,核大而圆,染色质疏松,着色浅,核仁大而明显。多数标本中较难找到。

(四)垂体(hypophysis)

1. 肉眼观察　标本呈椭圆形,腺垂体着色较深而神经垂体着色较浅。

2. 低倍镜观察　垂体表面为结缔组织被膜,可见远侧部、神经部和中间部。远侧部腺细胞密集排列成团或索状,其间有丰富的血窦。神经部主要由神经胶质(垂体细胞)和无髓神经纤维组成。中间部较窄,位于神经部和远侧部之间,可见几个大小不等的滤泡,腔内有胶质。

3. 高倍镜观察

(1)远侧部腺细胞可分为三种:①嗜酸性细胞(acidophilic cell)数量较多,多位于远侧部中央。胞体较大,圆形或椭圆形,胞质内含粗大的嗜酸颗粒,染成红色;核圆形,位于细胞中央。②嗜碱性细胞(basophilic cell):数量较少,多分布在远侧部周边。胞体大小不等,圆形或多边形,胞质内有嗜碱颗粒,染成蓝色,核圆形或椭圆形。③嫌色细胞(chromophobe):数量较多,体积最小,圆形或多边形,常成群分布。胞质染色浅淡,细胞界限不清,胞核圆形。

(2)中间部(pars intermedia):滤泡上皮呈立方形或矮柱状,腔内有红色胶质。滤泡间还有少量嫌色细胞和嗜碱粒细胞。

(3)神经部(pars nervosa):由无髓神经纤维、神经胶质细胞即垂体细胞(pituicyte)组成,其间含有丰富的毛细血管,垂体细胞形态不规则,有的胞质内有棕黄色的色素颗粒;另外还可见嗜酸性、大小不等的均质团块,为神经分泌物聚集而成,称赫令体(Herring body)。

三、思 考 题

1. 内分泌腺有何结构特点?

2. 甲状腺的滤泡有何结构特点？甲状腺激素的合成和分泌要经历哪些过程？

3. 比较肾上腺各部细胞结构特点及其生成激素的功能作用。

4. 垂体如何分部、腺垂体嗜色性细胞分几种类型，各产生什么激素，受何因素调节？神经垂体的结构由哪些主要成分构成，它的激素在何处产生？

Summary

Endocrine glands may appear as distinct organs (e. g. , the hypophysis and adrenal glands), may be found associated with exocrine glands (e. g. , pancreatic islets and the interstitial cells of the testes), may appear as mixed endocrine glands (e. g. , the thyroid and parathyroid glands), or may have cells so diffusely distributed that they are not usually considered as organs (e. g. , argentaffin cells of the digestive system).

Some endocrine glands are essential for life; these include the adrenal cortex, pancreatic islets, and the parathyroid glands. The other endocrine glands, although not essential for life, determine to a great extent the quality of ones life and the ability to adapt to stress. The endocrine glands, separately and in conjunction with the nervous system, are coordinators of body functions that maintain the organism in a viable homeostatic state.

The structural/functional organization of the endocrine glands is diverse but distinctive. In general, all endocrine glands store their secretory products either within the cells of origin or within cellular follicles or sacs. The cells of the adrenal cortex contain minimal amounts of stored hormone, whereas in the pancreas and pituitary gland (hypophysis), secretory granules (if preserved) are usually evident. In the thyroid gland, the hormone is stored extracellularly in a pool surrounded by epithelial gland cells (a follicle). In this case, the release of the hormone into the blood stream involves the reabsorption and transfer of the hormone through the cells of origin into the extracellular space, where it enters the capillaries.

An essential feature of the endocrine glands is the manner in which the secretory activity is regulated by a feedback mechanism. As an example, the beta cell of the anterior lobe of the hypophysis secretes adrenocorticotropic hormone (ACTH), which stimulates the secretion of certain hormones from the adrenal cortex. As the level of adrenal cortical hormones rises in the blood stream, the secretion of ACTH is inhibited. Declining levels of the hormones of the adrenal cortex result in an increased secretion of ACTH by the pituitary. In this manner, appropriate levels of adrenal cortical hormones are maintained in the blood stream.

Specific details of the structure and function of the endocrine glands will be found in this section and, as appropriate, in the sections concerned with the digestive, urinary, male reproductive, female reproductive, and nervous systems.

（刘立伟）

第14章 消 化 管

Digestive Tract

一、实 验 目 的

1. 掌握消化管壁的一般组织结构。
2. 掌握食管、胃和小肠各段的组织结构特点。
3. 了解结肠和阑尾的组织结构特点。
4. 了解胃肠内分泌细胞、小肠腺潘氏细胞的分布及结构特点。

二、实 验 内 容

标本号	名 称	取 材	染 色	观 片 要 点	备 注
46	食管	人	H-E	消化管壁四层、复层扁平上皮、食管腺	
48	胃底	猫	H-E	消化管壁四层、上皮、胃小凹、壁细胞、主细胞	
50	十二指肠	猫	H-E	管壁四层、绒毛、肠腺、十二指肠腺、肌间神经丛	
52	回肠	猫	H-E	管壁四层、绒毛、肠腺、集合淋巴小结、肌间神经丛	
53	结肠	人	H-E	黏膜上皮、肠腺、杯形细胞	示教
54	阑尾	人	H-E	肠腺及淋巴组织	示教
	胃底	大鼠	硝酸银	嗜银细胞	示教
	回肠	人	H-E	潘氏细胞	示教
	小肠	大鼠	镀银	肌间神经丛、神经元胞体及突起	示教

(一) 食管(esophagus)

本片为食管横切面。

1. 肉眼观察　管腔不规则,腔内隆起为纵形皱襞,表面覆盖的偏紫色的一层为上皮,其外方色稍淡为黏膜下层,再向外红色的一层为肌层。

2. 低倍镜观察　自内向外分出:黏膜、黏膜下层、肌层和外膜,然后依次观察。

(1) 黏膜层:①上皮:为未角化的复层扁平上皮,注意基底面是否平坦。②固有层:为细密结缔组织,内有淋巴组织、小血管及食管腺导管的切面。固有层向外为③黏膜肌:为一层纵行平滑肌的横断面,较薄,染色较深。

(2) 黏膜下层:由疏松结缔组织构成,染色浅淡,内含许多腺体,即食管腺,是食管的重要特征性结构。

(3) 肌层:分内环、外纵两层,肌纤维类型因取材部位不同而异。两层肌之间有肌间神经丛。

(4) 外膜:为纤维膜。

3. 高倍镜观察　重点观察黏膜下层的食管腺,腺泡为黏液性(胞核扁平,位于细胞基底部,胞质着色浅)或混合性。注意观察肌层中肌纤维的类型,此段为食管的哪一段? 注意肌间神经丛中神经元的结构特点,丛内无髓神经纤维与结缔组织染色有何区别?

(二) 胃(stomach)

标本取自胃底部。

1. 肉眼观察　不平整的一面为腔面,紫蓝色的部分为黏膜层,呈红色的一层为肌层,两层之间淡染的部分为黏膜下层。

2. 低倍镜观察　分清管壁四层结构,然后重点观察黏膜层。

(1) 黏膜层:①上皮:为单层柱状上皮,由胞质染色浅淡的表面黏液细胞构成,可见上皮下陷形成的小凹陷,即胃小凹(gastric pit)。②固有层:内充满大量排列密集的胃底腺(fundic gland),腺管之间仅含少量结缔组织。③黏膜肌层:较薄,由内环、外纵两层平滑肌构成。

(2) 黏膜下层:为疏松结缔组织,内含血管、淋巴管及黏膜下神经丛。

(3) 肌层:较厚,由三层平滑肌构成,外面两层肌之间有肌间神经丛。

(4) 外膜:为浆膜,由少量结缔组织和间皮构成。

3. 高倍镜观察　重点观察胃底腺壁细胞、主细胞和颈黏液细胞的特点。

(1) 壁细胞(parietal cells):主要分布在腺管的上半部,细胞较大,呈圆形或锥体形,核圆形,位于中央,胞质嗜酸性,染成红色。

(2) 主细胞(chief cells):在靠近黏膜肌层的腺管底部较多。细胞呈柱状,核圆形,位于细胞基部,注意顶部和基部胞质着色的区别,胞质顶部着色浅,呈泡沫状,基部胞质偏嗜碱性,为什么?

(3) 颈黏液细胞(mucous neck cells):位于腺管颈部,数量很少。细胞呈楔形或柱状,核扁平,位细胞基底部,胞质着色淡。

(三) 十二指肠(duodenum)

本片为十二指肠横切面。

1. 肉眼观察　管腔不规则,可见纵行皱襞,腔面染成紫蓝色的部分为黏膜层,外面红色部分为肌层,两层之间淡染的部分为黏膜下层。

2. 低倍镜观察　先区分管壁四层结构,再逐层观察。

(1) 黏膜层:黏膜表面伸向肠腔的突起为绒毛的纵切面,腔内的一些卵圆形结构为绒毛的横切面。绒毛表面为单层柱状上皮,之间夹杂着杯形细胞,上皮游离面可见微绒毛形成的纹状缘,绒毛中轴为固有层的结缔组织。在有的绒毛纵切面中轴内可找到中央乳糜管(central lacteal)。绒毛根部固有层中可见许多肠腺的切面,有时可见孤立淋巴小结(solitary lymphoid nodule)。黏膜肌层很薄,为红色。

(2) 黏膜下层:由疏松结缔组织构成,内含许多染色淡的黏液性腺体,即十二指肠腺(duodenal gland),此为十二指肠的重要特征性结构。可见黏膜下神经丛。

(3) 肌层:为内环、外纵两层平滑肌,两层肌之间可见淡染的肌间神经丛。

（4）外膜：为浆膜。

3．高倍镜观察　重点观察小肠绒毛、肠腺、十二指肠腺和肌间神经丛。

（1）绒毛：①表面上皮：可见吸收细胞(absorptive cell)和杯形细胞(goblet cell)，内分泌细胞在本片中不能显示。杯形细胞少，呈空泡状，散在于吸收细胞之间，核呈月牙形或三角形，位于细胞基底部。吸收细胞游离面薄层的红色带状结构即纹状缘。②中轴：绒毛中轴内见到的纵行腔隙为中央乳糜管，管腔较毛细血管大，腔面衬以内皮。中央乳糜管周围还可见丰富的毛细血管及散在的纵行平滑肌。

（2）肠腺(intestinal gland)：其吸收细胞、杯形细胞与绒毛上皮相同，其他细胞在本片中不能分辨。

（3）十二指肠腺：由单层柱状的腺细胞构成，胞质染色淡，核圆或扁，位于细胞基底部。有时可见到此腺导管穿透黏膜肌开口于肠腺的底部。

（4）肌间神经丛：神经丛内可见胞体较大的神经元，其胞质着色深，偏紫蓝色(因含有尼氏体)，胞核大而圆，着色浅，可见清晰核仁。

（四）回肠(ileum)

1．肉眼观察　外观与十二指肠相似，但在黏膜层与肌层之间可见数个着色深的卵圆形团块，即集合淋巴小结，为回肠的重要特征性结构。

2．低倍镜观察　结构与十二指肠相同，但绒毛上皮和肠腺中杯形细胞数量增多，固有层或黏膜下层内可见集合淋巴小结(aggregated lymphoid nodule)。注意绒毛外形有何改变？

3．高倍镜观察　绒毛、杯形细胞、中央乳糜管、肠腺和肌间神经丛。

（五）结肠(colon)

为结肠横断面。

镜下观察：区分管壁四层结构，注意与小肠相比较。其主要特点是：无绒毛，故腔面比较平坦；固有层中肠腺长而密集，其上皮与黏膜表面上皮相通连；上皮和腺体中有大量杯形细胞；固有层中易见孤立淋巴小结和弥散的淋巴组织，有何功能意义？

（六）阑尾(appendix)

为阑尾横切面。

镜下观察：肠腺稀少，固有层和黏膜下层内含大量弥散淋巴组织和淋巴小结，黏膜肌不完整，肌层薄。

（七）示教

1．胃内分泌细胞或嗜银细胞(argyrophilic cell)　本片取自大鼠胃底，硝酸银染色。镜下背景为淡黄色，在上皮和腺体中可见散在的、胞质内分泌颗粒染成棕黑色的嗜银细胞，细胞体多呈锥体形或椭圆形，胞核圆形，着色浅淡。

2．潘氏细胞(Paneth cells)　本片为人回肠的横切面。

镜下在肠腺底部可见2～3个细胞聚集在一起，细胞呈锥体形，核圆形，位于细胞基部，胞质顶部含有粗大的红色颗粒。

3. 肠肌间神经丛(enteric myenteric plexus)　本片为大鼠小肠壁肌层剥片(从环、纵肌之间剥开)，镀银染色。镜下背景着色为淡黄色(平滑肌及结缔组织)，可见许多大而深染的神经元胞体，即副交感神经节细胞，有多个突起，其胞质及突起均呈黑色或棕黑色，核区呈淡黄色。

三、思　考　题

1. 胃壁的组织结构特点及功能。
2. 列表比较食管、胃底、十二指肠、空肠和回肠黏膜及黏膜下层的主要结构特点。
3. 小肠扩大吸收表面积的方式有哪三种? 试述其形成、结构及在消化吸收中的作用。
4. 名词解释　①gestric glands②gestric pit③central lacteal④surface mucous cell⑤intestinal villi

Summary

The digestive tract consists of oral cavity, mouth, esophagus, stomach, small and large intestines, rectum, and anus. From the esophagus to the recto-anal junction, the wall of the canal has four layers: mucosa, submucosa, muscularis, and the adventitia or serosa.

The mucosa, or mucous membrane, consists of (1) an epithelium of a type appropriate to the function of that segment; (2) lamina propria of loose connective tissue rich in blood and lymph vessels, sometimes also containing glands and lymphoid tissue; and (3) the muscularis mucosae, usually consisting of a thin inner circular and an outer longitudinal layer of smooth muscle. The wall of each segments, particularly the mucosa, is specialized for its particular role in the processing or absorption of nutrients. The luminal surface of the small intestine is modified to increase the surface area. Three types of modifications can be noted: plicae circulares, villi and microvilli.

The submucosa is a layer of loose connective tissue containing blood and lymph vessels as well as a submucosal nerve plexus. This layer also contains glands in the esophagus and duodenum.

The muscularis usually consists of smooth muscle (except in the upper third of esophagus and the anal sphincter), and is usually divided into an inner circular and an outer longitudinal layer. A parasympathetic nerve plexus, myenteric nerve plexus, is situated between the two layers, which controls the activity of the muscularis.

The adventitia is the outmost layer formed by a thin layer of loose connective tissue. In most regions, it is covered by the simple squamous epithelium (mesothelium), here is called the serosa.

(魏丽华　王新成)

第15章 消 化 腺

Digestive Gland

一、实 验 目 的

1. 熟悉唾液腺三种(浆液性、黏液性、混合性)腺泡的结构特点。
2. 掌握胰腺的结构特点及功能。
3. 掌握肝脏的结构特点及功能。

二、实 验 内 容

标本号	名 称	取 材	染 色	观片要点	备 注
43	腮腺	狗	H-E	浆液性腺泡、闰管、分泌管	示教
44	舌下腺	狗	H-E	黏液性腺泡、混合性腺泡、半月	
45	颌下腺	狗	H-E	浆液性、黏液性和混合性腺泡、半月、分泌管	
62	胰腺	豚鼠	H-E	外分泌部浆液性腺泡、泡心细胞、闰管、胰岛	
58	肝	猴	H-E	中央静脉、肝索、肝血窦、门管区三种管道	
59	肝	猪	H-E	肝小叶、中央静脉、肝索、肝血窦、门管区三种管道	
	肝	大鼠	胭脂红	肝巨噬细胞	示教
	肝	大鼠	Golgi 染色	胆小管	示教
	肝	兔	PAS	肝糖原	示教
	肝	大鼠	血管注射	肝血窦、中央静脉	示教
	肝	兔	氯化金	肝贮脂细胞	示教

(一) 腮腺(parotid gland)

1. 肉眼观察　切片中呈红色的小团块为腮腺小叶,分隔小叶的浅色线条即结缔组织形成的小叶间隔。

2. 低倍镜观察　先区分被膜、小叶间隔和小叶。小叶由纯浆液性腺泡和导管构成。浆液性腺泡其腺细胞染色较深,在腺泡之间可见管径较粗的分泌管和管径较细的闰管。小叶间隔内可见较大的小叶间导管和血管。

3. 高倍镜观察　注意浆液性腺细胞的形态,核的形状及位置,胞质的着色,胞质顶部是否见分泌颗粒? 腺腔是否可见? 注意腺细胞与基膜之间的肌上皮细胞;注意区分分泌管与闰管、小叶间导管与血管。

(1) 浆液性腺泡:由锥体形或立方形腺细胞构成,胞核圆形,位细胞基部,顶部胞质嗜酸性,呈紫红色,基部胞质嗜碱性,呈蓝色。

(2) 导管:分泌管由单层柱状细胞构成,胞核圆形,位细胞中央或近腔面,胞质嗜酸性,着色鲜红,胞质基部可见纵纹。闰管由单层扁平或立方上皮构成,管腔小。

(二) 舌下腺(sublingual gland)

1. 低倍镜观察　小叶由混合性腺泡和导管构成。腺泡以着色淡的黏液性腺泡为主、着色深的浆液性腺泡和两者构成的混合性腺泡很少。

2. 高倍镜观察　注意黏液性腺细胞的结构特点(核的形状及位置、胞质着色),混合性腺泡的类型及半月。

(1) 黏液性腺泡:由锥体形或立方形腺细胞构成,核扁平形,位细胞基底部,胞质染色浅,呈泡沫状或淡蓝色。

(2) 混合性腺泡:主要由黏液性腺细胞构成,黏液性腺泡一侧附有几个浆液性腺细胞,呈月牙状,染成紫红色,称半月。

(三) 颌下腺(submandibular gland)

1. 低倍镜观察　颌下腺为混合性腺,小叶内有较多着色深的浆液性腺泡,淡染的黏液性腺泡和两者组成的混合性腺泡较少。在混合性腺泡中可见半月,分泌管较多,闰管少见。

2. 高倍镜观察　注意观察各类腺泡、肌上皮细胞、分泌管和半月。

(四) 胰腺(pancreas)

1. 肉眼观察　腺实质被浅色的线条分割成许多不规则的紫红色小区,即胰腺小叶。

2. 低倍镜观察　注意表面的结缔组织被膜和其深入实质分隔形成的大小不等的胰腺小叶。小叶内有大量染成紫红色的浆液性腺泡,可见导管,腺泡之间散在的、大小不等的浅色细胞团即胰岛(pancreas islet)。可见较大的小叶间导管和血管。

3. 高倍镜观察

(1) 腺泡:为纯浆液性腺泡。腺细胞呈锥体形(细胞界限是否清晰?),核圆形,位于基部,基部胞质呈嗜碱性(为什么?与何功能有关?),细胞顶部含嗜酸性的酶原颗粒,染成红色。腺泡中央有泡心细胞(centroacinar cell),这是胰腺外分泌腺泡的一个主要结构特征,该细胞较小,胞质着色淡,细胞界限不易分清,可见其圆形或卵圆形、着色浅淡的细胞核。有时可见闰管与泡心细胞相连。注意腺泡外有无肌上皮细胞?

(2) 闰管(intercalated duct):闰管较长,在腺泡之间容易找到。其管腔小,上皮低,由单层扁平或单层立方细胞构成。

(3) 小叶内导管:在腺泡之间,管腔增大,由单层扁平或立方上皮构成。

(4) 小叶间导管:位小叶之间的结缔组织内。管腔大,上皮为单层立方或低柱状。导管内均可见红色分泌物。

(5) 胰岛:呈团或索状,大小不等,其腺细胞较小,染色较浅,细胞间有丰富的毛细血管。本片中不能区分其细胞类型。

(五) 肝脏(liver)

1. 猴或人肝

(1) 肉眼观察:实质内可见一些散在的小腔,为血管腔的断面(中央静脉等)。

低倍镜观察:肝小叶呈多边形或不规则形,分界不清(为什么?)。在肝小叶中央先找到中央静脉。以中央静脉为中心,周围呈放射状排列的红色索条状结构,即肝索。肝索分支并相互连接成网,之间的腔隙即肝血窦。胆小管和窦周隙在本片中不能分辨。在相邻肝小叶之间,结缔组织较多的区域,为门管区,其内可见三种管道—小叶间动脉、小叶间静脉、小叶间胆管伴行的切面。小叶之间单独走行的小静脉的切面,为小叶下静脉,管腔大而不规则。

(2) 高倍镜观察:①中央静脉(central vein):位于肝小叶中央,管腔比较规则。管壁薄,因有血窦的开口而不完整。可见其扁平的内皮细胞核。②肝索(hepatic cord):由多边形肝细胞构成·肝细胞较大,胞质嗜酸性,染成紫红色。核大而圆,着色淡,可见双核和大而色深的多倍体核。③肝血窦(hepatic sinusoid):是肝索之间的不规则腔隙。可见贴近肝细胞的窦壁内皮细胞核,核扁着色深。窦腔内可见外形不规则的肝巨噬细胞。④门管区(portal area):小叶间动脉(interlobular arteries)腔小而圆,壁较厚,内皮外可见环形平滑肌。小叶间静脉(interlobular vein)腔大而不规则,壁较薄,内皮外仅少量结缔组织。小叶间胆管(interlobular bile duct):由单层立方或单层柱状细胞围成,胞核圆形或椭圆形,着色较深。

2. 猪肝

(1) 低倍镜观察:与猴肝相比,小叶间结缔组织较多,肝小叶分界明显。其他结构与猴肝的相似。

(2) 高倍镜观察:注意寻找肝小叶的中央静脉、肝索、肝血窦及腔内的巨噬细胞;注意区分门管区的小叶间动脉、小叶间静脉和小叶间胆管。

(六) 肝巨噬细胞(hepatic macrophage or Kupffer cell)

本片经台盼蓝或锂卡红活体染色。

镜下观察:在窦腔内,可见胞体较大,外形不规则的细胞,即肝巨噬细胞,胞质内充满大小不等的蓝色或红色吞噬颗粒。

(七) 胆小管(bile canaliculi)

镜下观察:相邻肝细胞之间染成棕褐色的细丝状结构,即胆小管。在肝细胞间相互连接成网。

(八) 肝糖原

镜下观察:肝细胞内肝糖原 PAS 反应阳性,呈紫红色。

(九) 肝血管注射

肝血窦、中央静脉等血管内均充满红色或黑色的染液。

(十) 贮脂细胞(fat-storing cell)

本切片经维生素 A 活体注射后,氯化金染色。镜下观察:肝细胞和血窦之间可见一些棕褐色的细胞,即贮脂细胞。

三、思 考 题

1. 光镜下如何区分三种不同类型的腺泡？
2. 胰腺外分泌部腺泡与腮腺腺泡有何区别？泡心细胞是如何形成的？
3. 光镜下如何识别肝脏？
4. 名词解释 ①hepatic lobule②perisinusoidal space③portal area④pancreas islet⑤fat-storing cell

Summary

The digestive glands are composed of the salivary glands, the pancreas, and the liver, all of which are located outside the wall of the digestive tract.

The large salivary glands consist of the parotid, submandibular, and sublingual glands. Each of the salivary glands has a secretory portion (acini) and a duct portion. The acini consist of serous acinus, mucous acinus and mixed acinus.

The pancreas is composed of exocrine and endocrine portion (islets of pancreas). The former consists of a large number of acini and a branched duct system. The acini are entirely serous. Some pale centroacinar cells are usually located in the center of the acinus. The islets of pancreas are pale stained cell groups, and scattered among the acini of the exocrine pancreas. It contains four mainly types of cells: A-cells secreting glucagons; B-cells secreting insulin; D-cells secreting somatostatin; and PP-cells secreting pancreatic polypeptide.

The basic structural and functional unit of the liver is the hepatic lobule. It consists of central vein, hepatic plate (or cord), hepatic sinusoid, perisinusoidal space (spaces of Disse), and bile canaliculi. The hepatocytes are radially disposed in the liver lobule. The sinusoids are irregularly dilated vessels composed of only one discontinuous layer of fenestrated endothelial cells. The sinusoids also contain phagocytic cells called Kupffer cells. These cells belong to the mononuclear phagocyte system. The space of Disse contains some reticular fibers, microvilli of the hepatocytes, and a few star-shaped fat-storing cells. The plasma escaping from the sinusoid has free to this space. Also present an area termed the portal areas between the hepatic lobule, which contain branches of the portal vein, hepatic artery and bile duct.

（魏丽华 王新成）

第16章 呼吸系统

Respiratory System

一、实 验 目 的

1. 掌握气管壁的三层结构。
2. 掌握肺内导气部各段的结构特点及变化规律。
3. 掌握肺内呼吸部的组织结构。

二、实 验 内 容

标本号	名　称	取　材	染　色	观 片 要 点	备　注
65	气管	狗	H-E	管壁三层、假复层纤毛柱状上皮、气管腺、软骨环、	
66	肺	狗	H-E	导气部各部、呼吸性细支气管、肺泡管、肺泡囊、	
				肺泡上皮、尘细胞	

(一) 气管(trachca)

本片为气管横切面。

1. **肉眼观察** 标本为气管的横断面,管壁呈环形,其中染色较深的"C"形环,是透明软骨。

2. **低倍镜观察** 低倍镜下,管壁由内向外依次为黏膜层、黏膜下层和外膜。

(1) 黏膜(mucous membrane):黏膜表面为假复层纤毛柱状上皮,上皮下基膜明显,呈均质红染的条带状结构。上皮下方为固有层,由疏松结缔组织构成,内含较多的弹性纤维、腺体的导管、血管及淋巴组织等。

(2) 黏膜下层(submucosa):黏膜下层为疏松结缔组织,与固有层和外膜无明显界限,内含较多的混合腺及小血管。

(3) 外膜(adventitia):较厚,由透明软骨和疏松结缔组织构成,其中可见"C"形的透明软骨环,缺口处由平滑肌和致密结缔组织相连接,有时可见混合腺和脂肪细胞。

3. **高倍镜观察**

(1) 假复层纤毛柱状上皮,其中最多的是纤毛细胞,杯形细胞亦较多,刷细胞、小颗粒细胞、基细胞不易区分。

(2) 混合性腺:由浆液性腺泡和黏液性腺泡组成,有时可见半月。

(二) 肺(lung)

1. 肉眼观察　标本呈海绵状,其内可见大小不等的腔隙,是肺内较大的支气管的断面和动、静脉的断面。

2. 低倍镜观察　肺组织分实质和间质两部分,间质为肺内的结缔组织、血管、淋巴管和神经,实质即肺内支气管的各级分支和终末的大量肺泡。标本边缘光滑的一侧,为胸膜脏层,可见一薄层由结缔组织和间皮共同构成的浆膜。其下可见不同口径的支气管的分支和血管的断面,可根据管腔的大小,管壁的厚薄,上皮的类型(及有无杯形细胞),固有层和平滑肌的厚薄,腺体和软骨的有无来辨别肺内各级支气管的分支,各段特点如下。

(1) 小支气管(small bronchi):结构同气管基本相似,但管径变小,管壁变薄,三层分界不明显。其主要变化是:上皮仍为假复层纤毛柱状上皮,但上皮渐薄,杯形细胞渐少;黏膜下层内腺体较少;外膜中的软骨呈小片状。平滑肌纤维相对增多,呈现为不成层的环形平滑肌束。

(2) 细支气管(bronchiole):上皮由假复层纤毛柱状上皮逐渐变为单层纤毛柱状上皮,腺体、软骨和杯形细胞减少或消失,而平滑肌则相对增多。

(3) 终末细支气管(terminal bronchiole):上皮为单层柱状上皮,部分细胞游离面有纤毛,上皮内无杯形细胞,腺体和软骨均已消失,平滑肌形成完整的环行层,黏膜皱襞明显。标本中可见管壁厚、着色红、管腔大的肺动脉血管和管壁薄、管腔大而不规则者为肺静脉血管。在各级支气管周围,常有伴行的肺血管分支的断面,要注意与各级肺内支气管区分。

(4) 呼吸性细支气管(respiratory bronchiole):管壁不完整,缺损处连有肺泡。上皮为单层立方,上皮下有少量环行平滑肌。

(5) 肺泡管(alveolar duct):管壁上有许多肺泡开口,自身的管壁结构很少,仅存在于相邻肺泡开口之间,在切片中呈现一系列结节性膨大,表面为单层立方或扁平上皮,上皮下是少量平滑肌纤维。

(6) 肺泡囊(alveolar sac):是肺泡管的末端,是若干肺泡共同围成的囊腔。本身无管壁成分。

(7) 肺泡(pulmonary alveoli):为半球形小囊,彼此相连,可开口于呼吸性细支气管、肺泡管或围成肺泡囊。肺泡壁很薄,由单层扁平或立方形的肺泡上皮和基膜构成。肺泡上皮有两种:①Ⅰ型肺泡细胞,又称扁平细胞。②Ⅱ型肺泡细胞,又称分泌细胞,细胞略呈立方形,核大呈圆形,胞质色浅,细胞顶部呈泡沫状。相邻肺泡之间的薄层结缔组织为肺泡隔(alveolar septum),其内含有丰富的毛细血管网,肺泡隔和肺泡腔内可见肺巨噬细胞(pulmonary macrophage)或尘细胞(dust cell),内含吞噬的黑色尘粒。

三、思　考　题

1. 呼吸道的一般结构包括哪些?气管的结构特点与功能有何关系?
2. 肺实质各部分组成有哪些?如何正确识别肺内各结构?
3. 肺泡的结构与功能有何关系?
4. 名词解释　①pulmonary lobule②blood-air barrier

Summary

The respiratory system can be divided into two major regions. The conducting portion consists of the nose, pharynx, larynx, trachea, bronchi, bronchioles and terminal bronchioles. The actual exchange of gases takes place in the respiratory portion, which consists of respiratory bronchioles, alveolar ducts, alveolar sacs and alveoli.

The trachea has three layers: the mucosa, the submucosa, and the adventitia. The mucosa is composed of pseudostratified ciliated columnar epithelium and the lamina propria. The submucosa contains loose connective tissue and numerous mixed glands. The adventitia contains C-shaped hyaline cartilage rings and an external layer of loose connective tissue. The structure of primary bronchi is similar to the trachea.

The bronchial tree is composed of the intrapulmonary bronchi (lobar bronchi, segmental bronchi, small bronchi), bronchioles (their diameter is less than 1 mm), terminal bronchioles (are less than 0.5 mm in diameter), They are conducting portion in the lung. The pulmonary lobules are parts of lung which bronchiole enters.

The alveoli are where most of the gas exchange takes place between the blood and the inspired air. The alveolar epithelium contains two types of cells: The type I alveolar cells are simple squamous epithelial cells. The main function is to provide barrier of minimal thickness that is readily permeable to gases. The type II alveolar cells are roughly cuboidal cells, the secretion of the cells, pulmonary surfactant, that spreads over the alveolar surfaces. It serves to reduce surface tension. Type II alveolar cells undergo mitosis to regenerate themselves as well as type I alveolar cells.

Alveolar macrophages, also called dust cells, are derived from monocytes of the blood. They are found in the interior of the interalveolar septum and are often seen on the lumen of the alveolus.

(杜长青)

第 17 章　泌 尿 系 统

Urinary System

一、实 验 目 的

1. 掌握肾小体、肾小管各段及集合管的结构特点及其相互间的关系。
2. 了解膀胱壁的结构。

二、实 验 内 容

标本号	名　称	取　材	染　色	观 片 要 点
69	肾	兔	H-E	肾小体、近曲小管、远曲小管、致密斑、细段、集合小管
72	膀胱	狗	H-E	管壁三层、变移上皮

(一) 肾 (kidney)

1. 肉眼观察　标本呈扇形,周围染色较深为皮质,深部染色略浅,为髓质。皮质内可见红色条纹状结构,为髓放线。

2. 低倍镜观察　肾脏表面为致密结缔组织构成的被膜。皮质位于被膜的深面,内有球状的肾小体和各种肾小管的断面;髓质主要由平行的直行管道组成,其内不含肾小体。髓质中的直行泌尿小管呈辐射状深入皮质称髓放线,主要由一些直行的集合小管和肾小管直部组成。位于髓放线之间的皮质称为皮质迷路,由肾小体和肾小管曲部构成。在皮、髓质交界处有较大的血管即弓形动、静脉的断面。

3. 高倍镜观察　高倍镜下,主要观察皮质迷路内的肾小体、近曲小管、远曲小管和致密斑。

1) 肾小体(renal corpuscle):断面呈圆形,由肾血管球和肾小囊组成。偶见有入球,出球微动脉出入的血管极或与近曲小管相连的尿极,靠近血管极的远曲小管其靠近肾小体侧的上皮细胞增高、变窄,密集排列,形成一个椭圆形斑,即为致密斑(macula densa)。细胞呈高柱状,染色较浅,核椭圆形,位于细胞游离面。肾小体中央的毛细血管团即肾血管球。肾小囊分脏层和壁层。肾小囊脏层细胞又称为足细胞,紧贴毛细血管外面。壁层为单层扁平上皮,肾小囊脏、壁层之间是肾小囊腔。H-E 染色标本中毛细血管内皮细胞、足细胞和球内系膜细胞不易分辨。

2) 近端小管曲部(proximal convoluted tubule):即近曲小管。分布在肾小体附近,断面较多,管径粗,管壁较厚,管腔小而不规则。管壁上皮为立方形或锥体形,细胞分界不清,胞质嗜酸性,染成红色,核圆,位于基部,核间距较大。腔面有排列紧密的刷状缘,基部有纵纹。

3) 远端小管曲部(distal convoluted tubule):简称远曲小管。也分布在肾小体附近,与近曲小管相比较断面少,管径小,管壁较薄,腔大而整齐。细胞呈立方形,界限较清楚,胞质嗜酸性弱,着色浅,核圆,排列整齐,位于细胞中央或近腔面。腔面无刷状缘,基底部可见纵纹。

髓放线和髓质主要有近端小管直部、远端小管直部、细段和集合小管。

(1) 近端小管直部和远端小管直部:分别与近曲小管和远曲小管相似,仅上皮略矮些。

(2) 细段(thin segment):管径细小,管壁由单层扁平上皮构成,与毛细血管相似,但管壁较厚,核椭圆形且突向管腔,细胞质染色浅,细胞界限不清。

(3) 集合小管(collecting tubule):上皮为立方形或柱状,细胞界限清楚,胞质明亮,核圆位于中央,着色较深。管腔随着集合小管的汇合而渐增大,管壁由单层立方移行为柱状上皮。近肾乳头处称为乳头管,上皮变为高柱状,胞质清明,核圆位于细胞中央,细胞界限清。肾乳头表面延续为较薄的变移上皮。

(二) 膀胱(urinary bladder)

1. 肉眼观察　标本成方形,微凹面较蓝处为内表面。
2. 低倍镜观察　低倍镜下,膀胱壁由内向外依次黏膜层、肌层和外膜。
(1) 黏膜(mucous membrane):由变移上皮和固有层组成。
(2) 肌层(muscularis):肌层由平滑肌组成,分外内纵、中环、外斜三层。
(3) 外膜(adventitia):大部分为纤维膜,由结缔组织构成,膀胱顶部的为浆膜。

三、思　考　题

1. 原尿形成的结构基础是什么? 蛋白尿形成部位及原因是什么?
2. 光镜下如何区分近曲小管和远曲小管? 为什么切片中近曲小管比远曲小管的断面多?
3. 名词解释　①filtration membrane ②medullary loop ③Juxtaglomerular complex ④nephron

Summary

The urinary system consists of kidneys, ureters, bladder and urethra. The kidney consists of two parts, the nephron and the collecting tubule. Each nephron consists of a dilated portion, the renal corpuscle; the proximal tubule; the thin segment; and the distal tubule. Several nephrons are drained by a single collecting tubule.

The renal corpuscle is formed by two structures, a tuft of capillaries, the glomerulus, and the renal capsule. The squamous cells of the capillary have numerous pores. They are not spanned by diaphragm. The diameter of the afferent arterioles is greater than that of the efferent arterioles, resulting in higher capillary pressures in the glomerulus than in other capillary bed. Between fenestrated endothelial cells of the capillaries and podocytes that cover their external surface is a thickened basement membrane.

The renal capsule has two layers, the external layer of the capsule consists of simple squamous epithelium. The cells of the internal layer called podocytes. Between the 2 layers of capsule is the capsular space. Filtrate leaking out of the glomerulus enters the capsular space through a complex filtration barrier composed of the fenestrated endothelial of the capillary, the basal lamina, and the slit membrane of podocytes.

The proximal tubule is lined by simple cuboidal or pyramidal epithelium. The cells have abundant microvilli in the cell apex; infolds of the plasmalemma in the basal, and interdigitation in the lateral portion. These specializations greatly increase the area of the free, the basal and the lateral cell membranes. They are main segment of reabsorption. The wall of the thin segment consists of flattened squamous cells. The distal tubule is lined by simple cuboidal epithelium.

（杜长青）

第18章 男性生殖系统

Male Reproductive System

一、实 验 目 的

1. 掌握睾丸的一般组织结构和精子发生的过程、睾丸间质细胞的形态特点。
2. 掌握前列腺的组织结构特点。
3. 了解附睾的组织结构特点。
4. 了解输精管的管壁组织结构。

二、实 验 内 容

标本号	名　称	取材	染色	观 片 要 点	备 注
74	睾丸和附睾	人	H-E	睾丸被膜、实质、生精小管、生精细胞、间质细胞、附睾输出小管、附睾管	
78	前列腺	人	H-E	前列腺被膜、前列腺腺泡、前列腺凝固体	

(一) 睾丸和附睾 (testis and epididymis)

肉眼观察:表面包有一层染成红色的被膜,大的半圆形断面,为睾丸部分;位于睾丸一侧一小的圆形断面,为附睾。在两者之间可见纵隔。

1. 睾丸

1) 低倍镜观察:自外向内分出:睾丸被膜、睾丸实质

(1) 被膜:由外向内:①鞘膜脏层:为单层扁平上皮和少量结缔组织组成。②白膜:很厚,由致密结缔组织组成,内侧有小血管。

(2) 睾丸实质:睾丸小叶与小叶间隔分界不清,小叶间有较大的血管,小叶内有许多生精小管断面。①生精小管基部为基膜,染成粉红色,基膜外为肌样细胞,呈梭形。②睾丸网:位于睾丸纵隔内,为大小不等,形态不规则的腔隙断面。睾丸网有无与切片部位不同有关。

2) 高倍镜观察:重点观察生精小管和睾丸间质细胞。

(1) 生精小管(seminiferous tubule):①精原细胞(Spermatogonia):位于基膜上,细胞较小,呈圆形或椭圆形,核圆,着色较深。有时可见有丝分裂。②初级精母细胞(primary spermatocyte):位于精原细胞近生精小管近腔侧,有2~3层。体积最大,呈圆形,核大而圆,核内粗大的染色质交织成网,细胞核表现为粗线期或有丝分裂中期。③次级精母细胞(secondary spermatocyte):位于初级精母细胞近腔侧,形态与初级精母细胞相似,但胞体较小。

该阶段存在时间短,故切片中不易看到。④精子细胞(spermatid):靠近腔面,多层细胞,体积更小,核圆形,染色较深。细胞常密集成群。⑤精子(spermatozoon):可见变态中的各期精子。形似蝌蚪,头部染成紫蓝色,朝向管壁,成群聚集在支持细胞的顶端,尾部常被切断而看不到其全貌。⑥支持细胞(sustentacular cell,又称 sertoli cell):位于生精细胞之间,其基底部位于基膜上,游离面至腔面。细胞轮廓不清,核呈卵圆形或不规则形,核染色质稀疏,着色浅,核仁明显。

(2)间质细胞(interstitial cell,又称 leyding cell):位于生精小管间的结缔组织内,常三五成群,细胞体积较大,呈圆形或卵圆形,胞质嗜酸性,核圆居中。

2. 附睾(epididymis)

1)低倍镜观察:分清输出小管和与输出小管相连的附睾管;然后重点观察两种管道。

(1)输出小管:与睾丸网相连接,构成附睾的头的大部,远端与附睾管相连。管壁由内向外依次如下:①上皮:高柱状细胞与低柱状细胞相间排列构成,管腔不规则。②固有层:仅少量结缔组织。

(2)附睾管:管腔规则,腔内充满精子和分泌物。管壁由内向外:①上皮:假复层纤毛柱状,细胞表面为静纤毛。②固有层:结缔组织,内含薄层平滑肌和血管。

2)高倍镜观察:重点观察输出小管和附睾管管壁细胞的特点。

(1)输出小管(efferent duct):管壁主要由两种细胞组成,两种细胞相间排列,使管腔起伏不平。一为低柱状细胞,二为高柱状纤毛细胞。

(2)附睾管(epididymal duct):管壁上皮为假复层纤毛柱状,由柱状细胞和基细胞组成。柱状细胞,呈高柱状,胞核呈椭圆形,位于基底部,细胞顶端有排列整齐的静纤毛。基细胞矮小,呈锥形,位于上皮的深面基膜上,在标本中只能见到一行排列整齐的小圆形细胞核。管腔规则,腔内充满精子和分泌物。

(二)前列腺(prostate gland)

1. 肉眼观察　标本中可见许多粗细不等,纵横交织的红色条纹,为基质。基质之间有许多不规则的腔隙,为腺泡。

2. 低倍镜观察　重点观察腺泡和前列腺凝固体。

前列腺表面有致密结缔组织及平滑肌组成的被膜,并深入实质。实质中有大小不等、形态不一的前列腺腺泡,腺泡腔面起伏不平,有的腺腔内可看到嗜酸性的凝固体(prostatic concretion)。腺泡之间的隔,由结缔组织和大量的平滑肌组成。

3. 高倍镜观察　重点观察腺泡上皮和凝固体。

(1)腺泡上皮:形态多样,可见单层立方,单层柱状或假复层柱状上皮细胞。

(2)凝固体:位于腺泡腔内,为大小不等,呈同心圆状排列,形态不一、均质的红色结构。

(3)被膜和基质的结缔组织中含有丰富的平滑肌。

(三)输精管(ductus deferens)

本标本为输精管的横断面。

1. 肉眼观察　外观腔小而不规则。

2. 低倍镜观察　输精管管壁由内向外分三层：

(1) 黏膜层由内向外：①上皮：假复层柱状上皮。②固有层：含丰富的弹性纤维。黏膜层可见皱襞突向管腔。

(2) 肌层：大致有内纵、中环、外纵三层平滑肌。

(3) 外膜：为疏松结缔组织，含有较多的血管、神经和淋巴管。

三、思　考　题

1. 生精小管的微细结构和精子发生的过程。

2. 睾丸间质细胞和支持细胞的结构和功能。

3. 附睾是如何构成的？试述附睾管的微细结构和生理功能。输出小管和附睾管的组织结构，光镜下如何区分。

4. 前列腺的组织学结构特点和生理功能。

5. 名词解释　①spermiogenesis②spermatogenesis③sertoli cell④blood-testis barrier⑤leyding cell⑥semen

Summary

The male reproductive system consists of two testes, epididymis, ductus deferens, ejaculatory ducts and accessory glands, which include seminal vesicles, prostate glands and bulbourethral glands. The testis is surrounded by a capsule of connective tissue, which consists of two layers: the tunica vaginalis and tunica albuginea. On the posterior surface of the testis, dense connective tissue extends inward from the capsule, forming the mediastinum of the testis. Then, the dense connective tissue radiate from the mediastinum into the parenchyma dividing the interior of the organ into about 250 pyramidal compartments, the lobuli testis. Each lobule contains one to four tortuous seminiferous tubules, the seminiferous tubules are the principal components in the testis. And the spaces between the seminiferous tubules are filled with loose connective tissue, called the interstitial tissue. It is rich in blood vessels and lymphatic vessels. Within this loose stroma, there are clusters of the interstitial or Leydig cells. They are the principal endocrine cell type of the testis, secreting the male sex hormone, testosterone, and other androgenic steroids. The seminiferous tubules are lined by the seminiferous epithelium, a very complex stratified epithelium made up of spermatogenic cells and Sertoli cells. The spermatogenic cells have five cell types that represent successive stages in the differentiation of the male germ cells. These are spermatogonia, primary spermatocytes, secondary spermatocytes, spermatids, and spermatozoa. Seminiferous epithelium can be thought of as consisting of a population of nonproliferating Sertoli cells and a population of germ cells. The apididymis is surrounded by capsule of connective tissue. Two types of tubules can be observed in the interior of the epididymis: the efferent duct and the epididymal duct. The prostate is the largest of the accessory glands of the male reproductive tract. It surrounds the urethra and is divided into 3 glandular components: mucosal, submucosal and main gland, the prostate has a fibrous capsule. Its parenchyma consists of 30 or more highly branched tubuloalveolar glands. Its epithelium may be simple squamous, cuboidal, columnar or pseudostratified columnar. The prostatic concretions stained red can be observed in the lumen of the prostate.

（杜　辉）

第 19 章　女性生殖系统

Female Reproductive System

一、实　验　目　的

1. 掌握卵泡发育的基本过程和各级卵泡的结构特点。
2. 掌握黄体的形成、组织结构特点。
3. 掌握子宫壁的结构和增生期、分泌期以及月经期子宫内膜的结构特点。
4. 了解乳腺的组织结构特点,静止期和授乳期乳腺组织结构的异同。

二、实　验　内　容

标本号	名　称	取材	染色	观片要点	备注
80	卵巢	兔	H-E	卵巢皮质内原始卵泡、初级卵泡 、次级卵泡、放射冠、透明带、卵泡膜和闭锁卵泡	
80	卵巢(黄体)	兔	H-E	黄体	
82	子宫(增生期)	人	H-E	子宫壁三层、内膜、子宫腺、螺旋动脉	
83	子宫(分泌期)	人	H-E	子宫壁三层、子宫内膜上皮、子宫腺	

(一) 卵巢(ovary)

1. 肉眼观察　标本为卵圆形,卵巢周围着色深、宽阔部分为皮质,可见大小不等的空泡,是发育中的各级卵泡的切面。中央染色较浅、狭窄部分为髓质,另外,在标有黄体的卵巢标本一侧可见黄豆大、深染的椭圆形小体为黄体(corpus luteum)。

2. 低倍镜观察　自外向内分出:被膜、皮质、髓质,然后依次观察。

(1) 被膜:①表面上皮:单层立方或扁平上皮。②白膜:为薄层致密结缔组织。

(2) 皮质:占卵巢的大部分,主要由各级卵泡及大量的结缔组织间质构成,此处的结缔组织细胞成分较多,密集,呈梭形。黄体很大,外周有结缔组织包绕,并伸入中央形成不完整的小隔,细胞密集成团,细胞间有许多血管断面。

(3) 髓质:为结缔组织,只占实质的一小部分,染色浅,含丰富的血管。在卵巢门的附近有一些平滑肌。

3. 高倍镜观察　重点观察不同发育阶段的卵泡及黄体的细胞组成。

(1) 原始卵泡(primordial follicle):位于皮质浅层,数量最多,体积小,卵泡中央为一个初级卵母细胞,周围为单层扁平的卵泡细胞。初级卵母细胞圆形,体积较大,核大而圆,核仁明显。

（2）初级卵泡（primary follicle）：初级卵母细胞体积增大，卵泡细胞由单层扁平变为单层立方或单层柱状，或增殖为多层，最里面的一层卵泡细胞为柱状，呈放射状排列，称为放射冠（corona radiata），在卵母细胞与卵泡细胞之间出现一层均质的嗜酸性膜，称为透明带（zona pellucida）。

（3）次级卵泡（secondary follicle）：卵泡细胞层数进一步增多，细胞间出现大小不等的腔隙，并逐渐合并成一个大腔，为卵泡腔（follicullar antrum），腔内充满卵泡液，初级卵母细胞及其周围的透明带，放射冠及部分卵泡细胞凸入卵泡腔内，形成卵丘（cumulus oophorus）。卵泡腔周围的数层卵泡细胞构成卵泡壁，称为颗粒层。与卵泡生长相伴随，周围基质细胞向卵泡聚集形成卵泡膜。卵泡膜分化为内、外两层，内层主要是一些多边形或梭形的膜细胞及丰富的毛细血管；外层主要由结缔组织构成，与周围结缔组织无明显分界。

（4）成熟卵泡（mature follicle）：是卵泡发育的最后阶段，卵泡体积很大，并向卵泡表面突出。可见卵泡腔增大，腔内充满卵泡液，切片上呈粉色的小颗粒。卵丘内的初级卵母细胞很大。透明带和放射冠更明显，卵泡膜发育充分，内膜层细胞内充满小脂滴，毛细血管丰富。由于取材时间不易掌握，切片中无典型的成熟卵泡。

（5）闭锁卵泡（atretic follicle）：见于卵泡发育的各个阶段。主要表现为卵母细胞退化或消失；透明带塌陷、皱缩甚至消失；卵泡颗粒层细胞萎缩、溶解或消失。有些闭锁卵泡，卵母细胞和卵泡细胞均消失，成为残留的结缔组织块样，其中可见红色带状的透明带残迹。

（6）黄体（corpus luteum）：黄体体积很大，其外有结缔组织被膜，与外界分界清楚。其内细胞分两种：粒黄体细胞较大，呈多边形，数量多，胞质内的脂滴常被溶解呈空泡状。膜黄体细胞较小，染色深，数量少，多分布于黄体的周边。

（7）间质腺（interstitial gland）：生长卵泡闭锁时，卵泡膜的血管和结缔组织伸入颗粒层和卵丘，其周围肥大的卵泡膜内层细胞成团或成索分散在结缔组织中。其细胞体积大，多边形，细胞核圆形，细胞质呈空泡状，着色浅。

（二）增生期子宫（uterus）

1. **肉眼观察**　标本一侧不规整即子宫腔面，腔面染成紫色的部分为子宫内膜，内膜外侧红色部分是肌层，肌层表面是薄层外膜。

2. **低倍镜观察**　分清子宫壁三层结构，然后重点观察内膜层。

（1）内膜：①上皮：为单层柱状上皮。②固有层：浅层为功能层，其内有较少的腺体的切面。深层为基底层，内有子宫腺切面，着色深，腔内空白。

（2）肌层：为平滑肌。大致可分为内纵、中环、外纵三层。

（3）外膜：为浆膜，由少量结缔组织和间皮构成。

3. **高倍镜观察**　重点观察子宫内膜的上皮和固有层。

（1）上皮：为单层柱状，少数细胞表面有纤毛。

（2）固有层：上皮向固有膜内凹陷形成子宫腺。腺体直，腺腔小而规则。固有层致密，细胞较多，纤维较少，还可见血管的断面。

（三）分泌期子宫

1. **肉眼观察**　标本呈矩形，其上方染成蓝紫色的是子宫内膜，其余染成红色的是肌层。

2. 低倍镜观察　先区分子宫壁三层结构,再重点观察子宫内膜。

(1) 子宫内膜:由上皮和固有层构成。固有层较厚,分浅层和深层。浅层是功能层,其内有很多弯曲扩张的腺体和成串排列的小动脉,腔内有较多染成粉红色的分泌物。腺腔内常有分泌物。深层较薄,是基底层,内含的子宫腺腺体直,腺腔小,着色较深。

(2) 肌层:为平滑肌。大致可分为内纵、中环、外纵三层。

(3) 外膜:为浆膜。

3. 高倍镜观察　重点观察子宫内膜的上皮和固有层。

(1) 上皮:上皮为单层柱状上皮,少数细胞表面有纤毛。

(2) 固有层:富含细胞的幼稚结缔组织构成。①基质细胞:体积大,胞核椭圆形,胞核和胞质着色浅。②子宫腺:为单层柱状上皮,腺腔大小形态不等,可见嗜酸性的分泌物,腺细胞着色浅。在胞核的下方或上方可见空泡。③血管:在功能层可见成串的微动脉切面,为螺旋动脉的断面。

三、思 考 题

1. 卵泡发育的基本过程和各级卵泡的结构特点。

2. 黄体和间质腺结构特点,光镜下如何区分?

3. 子宫内膜分泌期与增生期组织结构的特点。

4. 名词解释　①ovulation②corpus luteum③menstrual cycle

Summary

The female reproductive system consists of ovaries, oviducts, uterus, vagina, external genitalia and mammary glands. This system plays an important role in a woman's life span. Ovaries can not only product gamete cells — ovia also secret female hormons. They are covered by a layer of continuous simple squamous or cuboid epithelium. Beneath the epithelium is a layer of connective tissue called the tunica albuginea. The parenchyma of the ovary under the tunica albuginea. Cortical region is a highly cellular zone that composed of ovarian follicles in various stages of development(primordial follicles, primary follicles, secondary follicles, mature follicles), corpus luteum, atresia follicles and corpus albicans. Deep to the cortex is the medullary region, which made up of collagen fibers, fibroblasts, occasional smooth-muscle cells and numerous arteries and veins. Two regions have no clear line of demarcation. The uterus is a muscular, pear-shaped organ, its wall has three layers:endometrium, myometrium and perimetrinm. Endometrium undergo cyclic changes in menstruation,which made up of two layers:one is stratum functionalis, the other is stratum basalis. During the course of menstruation the uterus of human undergo three phase: proliferative phase, secretory phase and menstrual phase.

(杜　辉)

第 20 章　胚 胎 学 绪 论

Embryological Introduction

一、实 验 目 的

1. 掌握胚胎的分期和测量的标准。
2. 掌握受精龄、月经龄的概念和预产期的计算方法。

二、实 验 内 容

1. 观察模型:各期模型,注意不同时期的外形。
2. 观察测量各时期标本的数值以及透明标本的骨骼情况。

三、思 考 题

1. 胚胎发育分哪几个时期?
2. 胚胎学的研究内容。
3. 胚胎测量的标准有哪些?
4. 预产期如何计算?
5. 学习胚胎学有什么意义?

第 21 章　人胚发生和早期发育

Early Development of Human Embryo

一、实　验　目　的

1. 掌握胚前期、胚期的发育过程和胚泡的植入。
2. 掌握胎膜的结构和功能。
3. 掌握胎盘的结构和功能。
4. 了解胚胎外形的建立和变化。

二、实　验　内　容

（一）受精至胚泡形成（第1周）

观察模型：①受精卵：一个实心的球。②卵裂：卵裂球数目越多体积越小。③桑椹胚：12～16 个卵裂球构成的实心胚。④胚泡：滋养层、内细胞群、胚泡腔和极端滋养层。

（二）二胚层期（第2周）

观察模型：①观察内细胞群的演变，掌握上胚层、下胚层、卵黄囊及羊膜腔等结构的来源及演变过程。②在模型上观察：胚盘、羊膜腔、卵黄囊、体蒂、胚外中胚层和胚外体腔。此时胚盘的形状，胚层组成，注意体蒂与胚盘的位置关系。

（三）三胚层期（第三周）

1. 观察模型

(1) 3 周初人胚：从外形见羊膜、卵黄囊、体蒂、尿囊和胚盘，观察胚盘：①背面观可见神经板、原结、原凹和原条。②腹面观可见内胚层。③胚体正中矢状断面可见外胚层的神经板、原结、原条；中胚层和脊索；内胚层。脊索的头端可见口咽膜；原条的尾侧可见泄殖腔膜。

(2) 3 周末人胚：模型显示胚盘及体蒂，胚盘边缘保留部分羊膜和卵黄囊的壁。①胚盘背面观神经褶、神经沟和尾端的原条。②胚盘腹面观可见原肠。前肠和后肠很短。③胚体中部横断外胚层：体表的外胚层、神经沟、神经褶；中胚层：脊索两侧的体节，间介中胚层、体壁中胚层和脏壁中胚层；内胚层。

2. 显微镜观察

(1) 原条时期鸡胚（示教）：材料用孵化 16 h 之鸡胚（横断）。方法为 H-E 染色。镜下：

三层细胞,从背侧开始依次为:①上胚层为背侧表面的一层细胞,呈柱状。上胚层中央向下凹陷,称为原沟。原沟与其两侧细胞增厚的部位共同构成原条。②下胚层为一层立方状细胞。

(2) 原条时期鸡胚(示教):材料为孵化 16~18 h 之鸡胚(横断)。方法为胭脂红整装标本观察:三胚层时期,胚盘呈梨形盘状。此标本是切掉卵黄囊后,由背面观察胚盘状况,是不能区分三胚层的。应结合同时期的标本,把它们联系起来观察,这样既可以看清外观,又可了解内部结构。①胚盘:呈梨形,染色较淡,可见其中有以下构造:原条:胚盘正中线上有染色较深的索条状结构。原沟:在原条中央色较浅,为原沟。原结:原条前端稍膨大为原结,其中央色浅为原凹。②胚体外域:在胚盘周围,染色较暗的部分,此处在以后发生血岛与血管,并与胚体的血管相连。

(四) 体节期(第 4 周)

1. 观察模型 ①4 周初人胚胚体呈圆柱状,神经沟两侧的神经褶已愈合形成神经管,此时,前、后神经孔未闭;可见体节,腹侧出现心膨大,中肠缩小。胚体正中矢状断面可见神经管、脊索、原始消化管、口咽膜、泄殖腔膜、尿囊及心脏。②4 周末人胚前、后神经孔均闭合,卵黄囊变细,口凹周围出现,三对鳃弓,体节明显,约 25 对,心膨大明显。

2. 镜下观察

(1) 体节时期鸡胚:材料为孵化 48 h 后之鸡胚(横断)方法为 H-E 染色。镜下可见:①外胚层:覆盖胚体表面,由一层细胞构成。②神经管:位于胚体背侧中央,呈管状,管壁由假复层上皮围成,染色深。③脊索:为神经管腹侧的一圆形较小的细胞团。④体节:位于脊索两侧,细胞排列呈方块状。⑤间介中胚层:位于体节外方的细胞索,切片上为一圆形细胞索。⑥侧中胚层:于间介中胚层的外方,分为两层,与外胚层相贴的为体壁中胚层;与内胚层相贴的为脏壁中胚层;两层之间的腔隙为胚内体腔,与胚外体腔相通。⑦内胚层:位于胚体腹侧,由一层细胞组成。

(2) 体节时期鸡胚(示教):材料为孵化 48 h 鸡胚。方法为胭脂红整装标本镜下所见:在胚盘部分可见以下结构:①体节:在胚盘中央,很明显看到有两排方块状的细胞团即体节。它是三面游离,仅外侧与周围组织相连。②间介中胚层:在体节外侧一浅色窄条状结构即是,因此处细胞少些,故染色较浅。③侧中胚层:在间介中胚层外侧染成深粉色的一条结构为侧中胚层,外侧淡的一宽条结构为胚内体腔。④神经管:在两排体节之间,其管壁染色深,左右呈两深紫色条,而中央是管腔,故染色浅些,在神经管的前端可看到数个膨大的脑泡及一对视泡;神经管后端尚未闭合,仍然敞开,两侧染色深的为神经褶,而中央色浅处为神经沟。⑤原条与原结:已退缩到胚的尾端,原结明显可见。⑥心管:在脑泡腹侧尚可见有屈曲膨出的心管,其尾端与左右卵黄囊静脉相连。⑦前肠:在心管与神经管之间,可见有较宽且长的囊状结构即是前肠。⑧胚外体蒂部分已发生血岛与血管,并连接成网。

(五) 胚胎完成期(第 5~8 周)

1. 观察模型 此期主要特征:胚体呈"C"字形,躯干变直,头部逐渐抬起,眼、耳、鼻、颜面逐渐形成,出现上、下肢芽,尾突渐不明显,直至消失;脐带明显;心、肝隆起明显;头颈部渐分明;外生殖器已发生,但不能分辨性别。

2. 观察标本　观察搜集的多个胚胎标本,可见甘油透明的骨骼标本和位于羊膜囊内的胚胎。

(六) 胎儿期(第 9 周~出生)

观察标本:①观察各月正常胎儿浸渍标本,注意胎儿外形、大小及所见器官的演变。②观察多胎及与羊膜囊、胎盘的关系。

(七) 胎膜与胎盘

1. 观察模型　在模型上找出胎膜:羊膜、卵黄囊、尿囊、脐带、绒毛膜。观察足月胎盘的形态大小及构造。注意浸渍标本的羊膜、胎盘、脐带及胎儿之间的关系。

2. 观察标本　在大体标本上观察胎盘的子体面和母体面、胎盘小叶和脐带附着部位。

三、思 考 题

1. 受精的条件、时间、部位和意义。
2. 植入的时间、正常部位、条件、过程和意义。
3. 简述三胚层的形成及分化。
4. 试述胎膜的组成、各部分的演变及意义。
5. 胎盘屏障的组成、变化和功能。
6. 名词解释　①获能②受精③卵裂④桑椹胚⑤胚泡⑥植入⑦胎盘膜

Summary

Fertilization takes place in the oviduct. Embryonic development is considered to begin at this point. The newly formed embryo undergoes a series of cell divisions called cleavage as it travels down the oviduct toward the uterus. During the 12-16-cell stage, the embryo now called a morula, begins to form blastocyst. At this point, it enters the uterine cavity and begins to implant into the endometrial lining of the uterine wall. At the second week, the embryoblast splits into layers, the epiblast and the hypoblast. The first major events of the third week are gastrulation, formation of the trilaminer germ disc, initial development of the somites and neurol tube. During 4-8 week, the major organ systems differentiate.

(崔海庆　张美华)

第22章　颜面、四肢的发生

Development of Face and Limbs

一、实验目的

1. 掌握鳃器的组成。
2. 掌握颜面、腭、舌、颈发生的原基和常见畸形的成因。
3. 了解四肢发生的过程。

二、实验内容

1. 观察模型　①鳃器模型:观察鳃弓、鳃沟、咽囊和鳃膜。②颜面发生模型:观察额鼻突、鼻突、上下颌突、原口、鼻窝、鼻泪沟。③腭发生模型:注意正中腭突、外侧腭突。④舌发生模型:注意侧舌突、奇结节、联合突。
2. 观察标本　①唇裂。②面斜裂。③无下颌、低位耳、独眼、指状鼻。④短肢畸形。

三、思考题

1. 试述颜面发生的原基和常见畸形的成因。
2. 试述腭、舌发生的原基和常见畸形的成因。
3. 试述颈发生的原基和常见畸形的成因。
4. 名词解释　①鳃器②唇裂③腭裂④颈瘘

Summary

The human face is formed the 4th and 8th weeks by the fusion of five facial swellings: an unpaired frontonasal process, a pair of maxillary swellings, and a pair of mandibular swellings. The neck develops from the 2th to 5th pharyngeal arches. The tongue develops from endoderm-covered swellings on the floor of the pharynx. The secondary palate is formed by palatine shelves, which initially grow inferiorly from the maxillary processes. The limbs are formed from the limb buds.

（崔海庆　张美华）

第23章 消化系统和呼吸系统的发生

Development of Digestive and Respiratory System

一、实 验 目 的

1. 掌握原肠的起源和演变。
2. 掌握消化系统的发生和常见畸形。
3. 了解呼吸系统的发生和常见畸形。

二、实 验 内 容

观察模型:①4周人胚模型:咽和咽囊、原肠。②胃肠的发生和转位模型。③肝胆胰发生模型。④呼吸系统发生模型。

三、思 考 题

1. 试述原肠的发生与分化。
2. 试述咽囊的分化。
3. 试述肝胆胰发生的原基和过程。
4. 名词解释 ①麦克尔憩室②先天性巨结肠③先天性脐疝④环形胰⑤透明膜病

Summary

The endodermal gut tube created by embryonic folding during the fourth week consists of a blind ended cranial foregut, a blind ended caudal hindgut, and a midgut open to the yolk sac through the vitelline duct. By the fifth week, the abdominal portion of the foregut is visibly divided into the esophagus, stomach, and proximal duodenum. Meanwhile, hepatic, cystic, and dorsal and ventral pancreatic diverticular bud from the proximal duodenum into the mesogastrium and give rise respectively to the liver, the gallbladder and cystic duct, and pancreas. The midgut differentiates into the distal duodenum, jejunum, ileum, cecum, ascending colon, and proximal two thirds of the transverse colon. The hindgut gives rise to the distal one third of the transverse colon, the desending and sigmoid colon, and the rectum.

（崔海庆）

第 24 章　泌尿系统和生殖系统的发生

Development of Urogenital System

一、实 验 目 的

1. 掌握泌尿生殖系统主要器官发生的原基。
2. 掌握前肾、中肾和后肾的发生过程。
3. 掌握生殖腺、生殖管道和外生殖器的发生过程。
4. 掌握泌尿生殖系统常见畸形。

二、实 验 内 容

观察模型:①4 周人胚模型:前肾、中肾和后肾。②生殖腺发生模型。③生殖管道发生模型。

三、思 考 题

1. 试述后肾的发生过程。
2. 简述生殖腺、生殖管道发生的过程。
3. 试述泄殖腔的分隔和演变。
4. 名词解释　①多囊肾②中肾旁管③两性畸形

Summary

The intermediate mesoderm on either side of the dorsal body wall gives rise the cervical nephrotomes, mesonephric and metanephric kidneys, and urogenital duct systems. It is also form the sex glands, reproductive ducts. Development of the sex glands is depends on the Y chromosome. Development of the genital ducts and the external genitalia is depends on the sex glands.

（崔海庆）

第25章 心血管系统的发生

Development of Cardiovascular System

一、实 验 目 的

1. 掌握胚胎血液循环的建立。
2. 了解心脏发生的时间、部位和过程。
3. 掌握心脏发生过程中外形的演变。
4. 掌握心脏内部分隔的过程。
5. 掌握胎儿的血液循环的通路和生后的变化。
6. 掌握心血管常见的畸形。

二、实 验 内 容

观察模型:①胎儿血液循环模型。②心脏外形演变系列模型。③心脏内部分隔系列模型。

三、思 考 题

1. 简述胎儿血液循环的建立。
2. 试述心脏发生的过程。
3. 试述心脏内部的分隔过程。
4. 简述胎儿的血液循环的特点和生后的变化。
5. 名词解释 ①血岛②法洛四联征

Summary

Starting on day 17, vessels begin to arise in the splanchnopleuric mesoderm of the yolk sac wall from aggregations of the cells called blood islands. On day 18, vasculogenesis commences in the splanchnopleuric mesoderm of the embryonic disc, where it occurs by a somewhat different process. As embryonic folding carries the endocardial tubes into the ventral thorax during the fourth week, the paired dorsal aortae attached to the cranial ends of the tubes are pulled ventrally to form a pair of dorsoventral loops, the first aortic arches. The cardinal system initially consists of paired anterior and posterior cardinal veins, which meet to form short common cardinal veins draining into the right and left sinus horns. However, the posterior cardinals are supplemented and later replaced by two subsidiary venous systems, the subcardinal and supracardinal systems. All three systems undergo extensive modification during development. The coronary arteries that supply blood to the heart muscle develop, in part, as branches from the base of the aorta, and the coronary veins sprout from the coronary sinus. A dramatic and rapid change in the pattern of circulation occurs at birth as the newborn begins to breathe and the pulmonary vasculature expands.

（崔海庆）

第 26 章　神经系统的发生

Development of Nervous System

一、实　验　目　的

1. 了解神经管的发生。
2. 了解脑的发生过程。
3. 了解脊髓的发生。
4. 了解垂体和松果体的发生。
5. 了解周围神经的发生。
6. 掌握神经系统常见的畸形。

二、实　验　内　容

1. 观察模型　①神经管模型。②脑和脊髓发生的模型。
2. 观察标本　①无脑儿。②脑脊膜膨出(颈部)。③脑脊膜膨出(骶部)。

三、思　考　题

1. 简述神经管的发生和演变。
2. 简述脑、脊髓的发生。
3. 名词解释　①套层②无脑儿

Summary

The neural plate forms the neural system. The central nervous system (CNS) is formed by the neural tube. Even before neurulation begins, the primordia of the three primary brain vesicles the prosencephalon, mesencephalon, and rhombencephalon are visible as broadenings in the neural plate. During the fifth week, the brain and spinal cord is formed by the neural tube. The peripheral nervous system (PNS) is formed by the neural crest. Neurons originate from three embryonic tissues: from the neuroepithelum lining the neural canal, from the neural crest, and from specialized regions of ectoderm in the head and neck called ectodermal placodes.

（崔海庆）

第二部分　图　谱

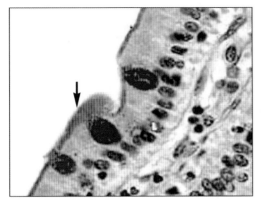

Fig 1-01　PAS reaction, ×400

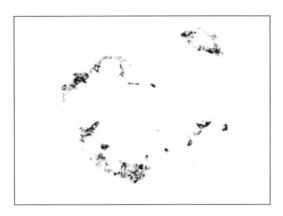

Fig 1-02　Immunohitochemistry-stained, ×400

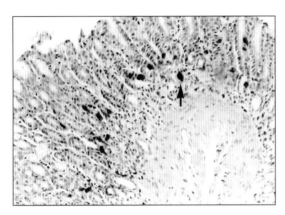

Fig 1-03　Immunohistochemistry-stained, ×400

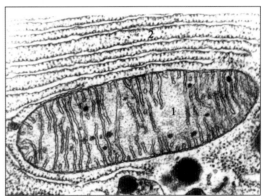

Fig 1-04　Electron micrograph

1. mitocondria 2. rough endoplasmic reticulum (RER)

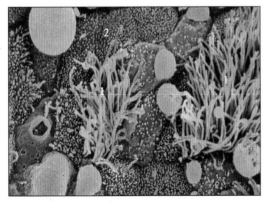

Fig 1-05　Scanning electron micrograph

1. cilia 2. microvilli

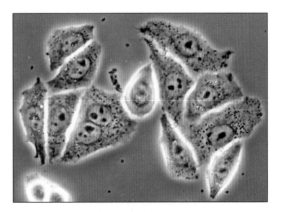

Fig 1-06　Cell culture, ×400

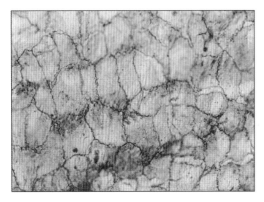

Fig 2-01　Simple squamous epithelium
（surface view），silver-stained，×400

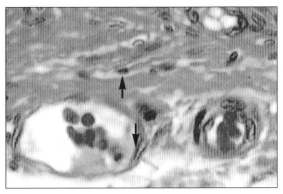

Fig 2-02　Simple squamous epithelium，H-E，×400
side view of the endothelium(↑)

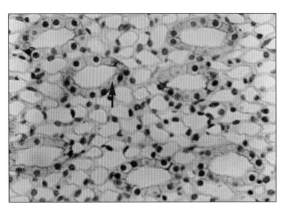

Fig 2-03　Simple cuboidal epithelium，×400

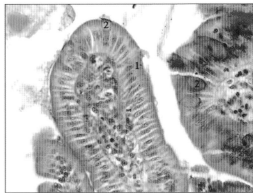

Fig 2-04　Simple columnar epithelium，H-E，×400
1. columnar cell 2. goblet cell

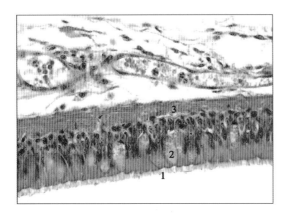

Fig 2-05　Pseudostratified ciliated
columnar epithelium，H-E，×400
1. cilia 2. goblet cell 3. basement membrane

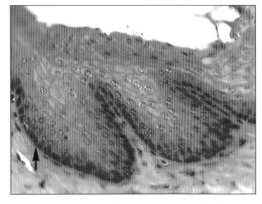

Fig 2-06　Stratified squamous epithelium
（non-keratinized），H-E，×400

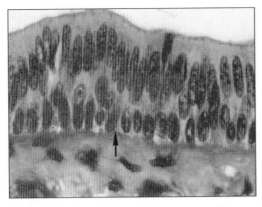

Fig 2-07　Stratified columnar epithelium, H-E, ×400

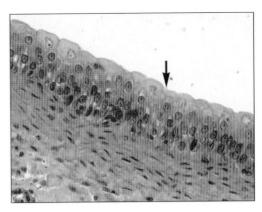

Fig 2-08　Transitional epithelium, H-E, ×400

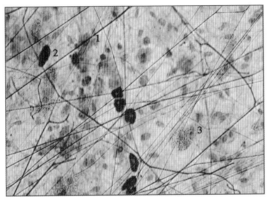

Fig 3-01　Spread preparation of loose connective
tissue, special stain, ×200

1. elastic fiber 2. mast cell 3. macrophage

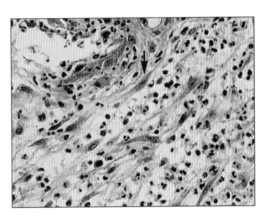

Fig 3-02　Showing fibroblast(↑) in
granulation, H-E, ×200

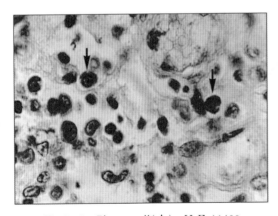

Fig 3-03　Plasma cell(↑), H-E, ×400

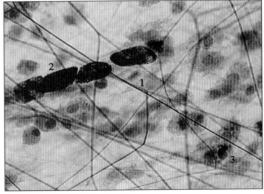

Fig 3-04　Spread preparation of loose connective
tissue, special stain, ×400

1. elastic fiber 2. mast cells 3. macrophage

Fig 3-05　Dense connective tissue
(human muscle tendon) H-E,×100

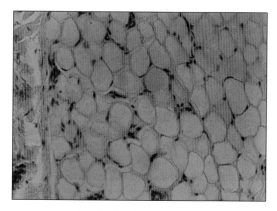

Fig 3-06　Adipose tissue
(human hypodermis),H-E,×200

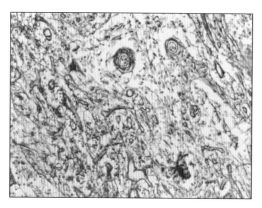

Fig 3-07　Reticular tissue,
impregnated with silver,×200

lymphatic node

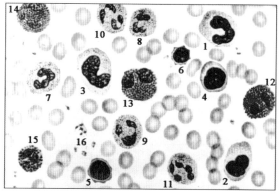

Fig 4-01　Human blood smear,Wright staining,×400
1～3. monocytes 4～6. lymphocytes 7～11. neutrophils
12～14. eosinophils 15. basophils 16. platelets

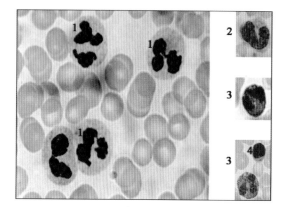

Fig 4-02　Human blood smear,
Wright staining,×400

1. neutrophils 2. monocytes 3. eosinophils 4. lymphocytes

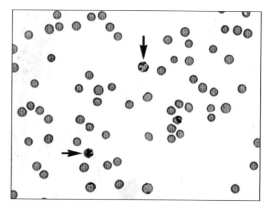

Fig 4-03　Reticulocyte (→) ,
brilliant cresyl blue,×400

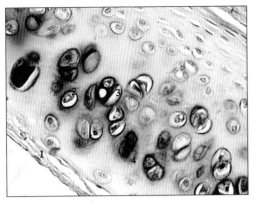

Fig 5-01   Hyaline cartilage, H-E, ×200

1. perichondrium 2. chondrocyte

3. cartilage lacuna 4. cartilage capsule

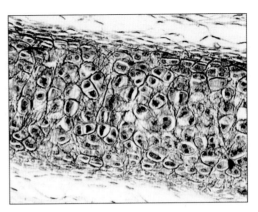

Fig 5-02   Elastic cartilage, stained

for elastic fibers, ×200

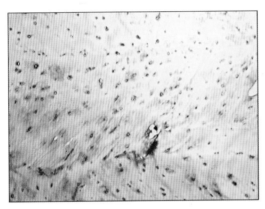

Fig 5-03   Fibrous cartilage, H-E, ×200

human intervertebral disks

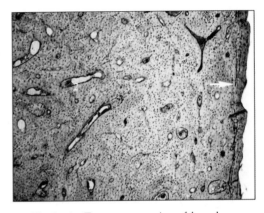

Fig 5-04   Transverse section of long-bone

diaphysis, special stained, ×100

1. outer circumferential lamellae(→) 2. Volkmann's canal

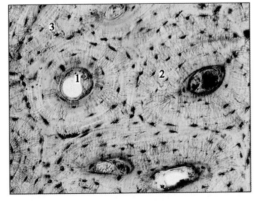

Fig 5-05   Transverse section of long-bone

diaphysis, special stained, ×400

1. haversian canal 2. osteon 3. interstitial lamella

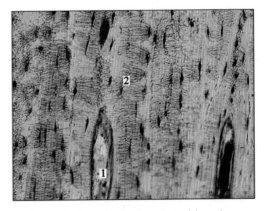

Fig 5-06   Longitudinal section of long-bone

diaphysis ,special stained, ×400

1. Haversian canal 2. bone lacuna

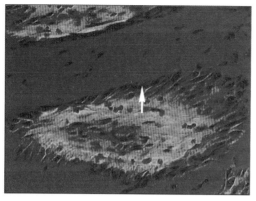

Fig 5-07   Intramembranous ossification, H-E, ×400
trabeculae of bone are being formed
by osteoblasts lining their surface (↑)

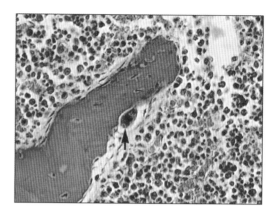

Fig 5-08   Osteoclast (↑), H-E, ×400

Fig 6-01   Longitudinal section of
skeletal muscle, H-E, ×100

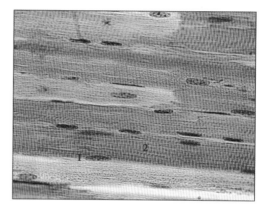

Fig 6-02   Longitudinal section of skeletal
muscle, H-E, ×400
1. nucleus 2. muscle fibers

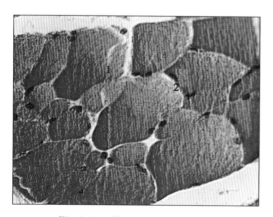

Fig 6-03   Transverse section of
skeletal muscle, H-E, ×400
1. muscle fiber 2. muscle fiber nucleus

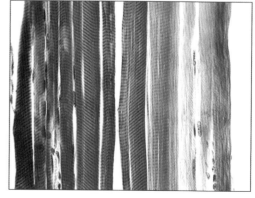

Fig 6-04   Longitudinal section showing
the transverse striation of the skeletal muscle
fibers, iron-hematoxylin staining, ×400

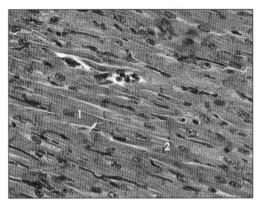

Fig 6-05　Longitudinal section of
cardiac muscle, H-E,×400

1. central nucleus 2. intercalated disks

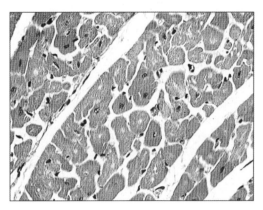

Fig 6-06　Transverse section
of cardiac muscle H-E,×400

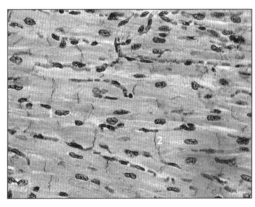

Fig 6-07　Longitudinal section of cardiac muscle,
iron-hematoxylin staining,×400

1. central nuclei 2. intercalated disks

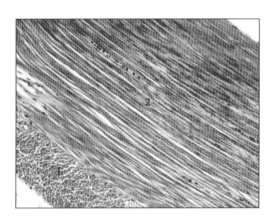

Fig 6-08　Smooth muscle in bladder of
a monkey, H-E,×200

1. transverse section 2. longitudinal section

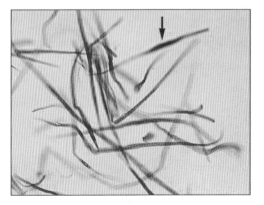

Fig 6-09　Smooth muscle
separated(↑) H-E,×200

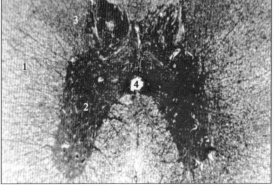

Fig 7-01　Transverse section of spinal cord,
silver-stained,×10

1. white matter 2. posterior horn 3. anterior horn

4. central canal of spinal cord

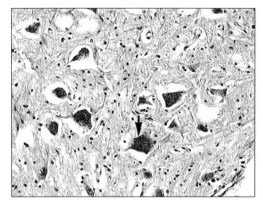

Fig 7-02　Multipolar neuron in gray matter
of spinal cord(↑) H-E,×100

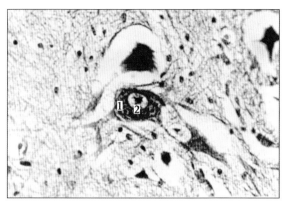

Fig 7-03　Multipolar neuron in gray
matter of spinal cord, H-E,×400
1. the cytoplasm contains a great number of Nissl bodies
2. note the large, round, light-stained nucleus,
with a central dark-stained nucleolus

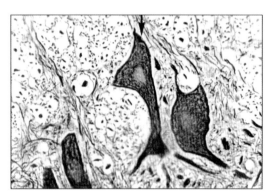

Fig 7-04　Neurofibrils in multipolar neuron(↑),
silver-stained,×400

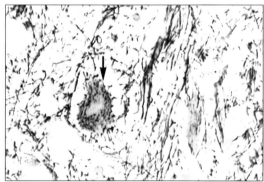

Fig 7-05　The synapse(↑) on neuron in gray matter
of spinal cord ,silver-stained,×400

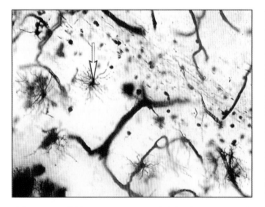

Fig 7-06　Fibrous astrocytes(↑), impregnated
with silver,×200

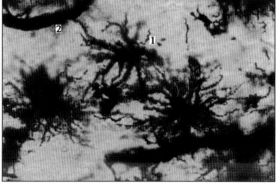

Fig 7-07　The cerebral cortex of a monkey,
silver-stained,×400
1. protoplasmic astrocytes 2. blood vessels

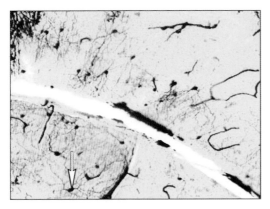

Fig 7-08　The cerebellar cortex showing
microglial cells(↓) ,silver-stained×200

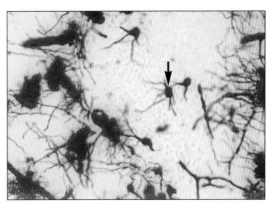

Fig 7-09　The cerebellar cortex showing
oligodendrocyte ,silver-stained, ×200

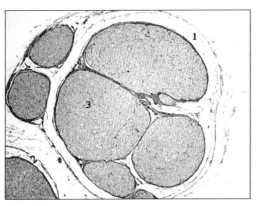

Fig 7-10　Transverse section of cat
myelinated fiber, H-E, ×400

1. epineurium 2. perineurium 3. nerve-tract

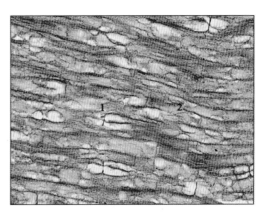

Fig 7-11　Longitudinal section of cat,
myelinated fiber , H-E, ×400

1. Ranvier node 2. axon

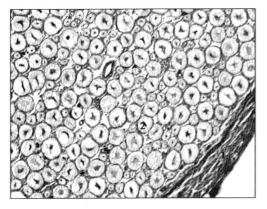

Fig 7-12　Transverse section of cat,
myelinated fiber, H-E, ×400

1. perineurium 2. myelinated nerve fiber

Fig 7-13　Longitudinal section of cat
myelinated fiber, special-stained, ×400

1. Ranvier node 2. axon

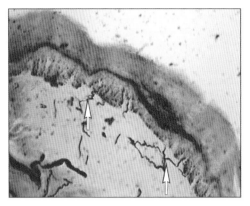

Fig 7-14 Human skin showing free nerve ending(↑), silver-stained, ×400

Fig 7-15 Human skin showing tactile corpuscle(↑), H-E, ×200

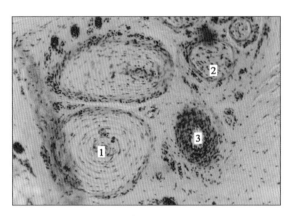

Fig 7-16 Human hypodermis, H-E, ×100
1. transverse section of lamellar corpuscle
2. unmyelinated nerve fiber 3. blood vessels

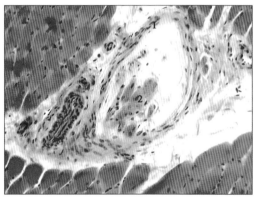

Fig 7-17 Muscle spindle in skeletal muscle, H-E, ×200
1. capsule 2. muscle fiber in spindle

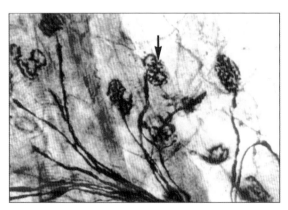

Fig 7-18 Motor end plate(↑), auric chloride-stained, ×100

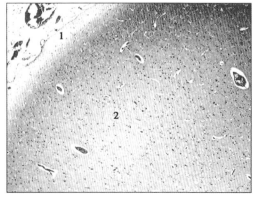

Fig 8-01 Human brain cortex, H-E, ×100
1. molecular layer 2. internal pyramidal layer

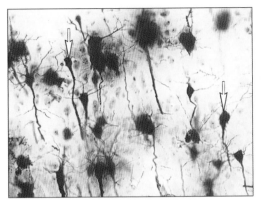

Fig 8-02　Pyramidal cell(↑) in human brain,
silver-stained, ×400

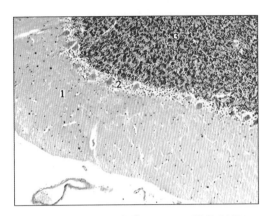

Fig 8-03　The cerebellar cortex, H-E, ×200
1. molecular layer 2. Purkinje cell layer 3. granular layer

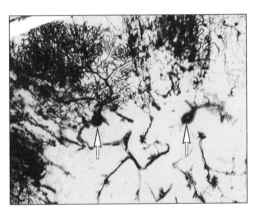

Fig 8-04　The cerebellar cortex showing
Purkinje cells (↑) , silver-stained, ×400

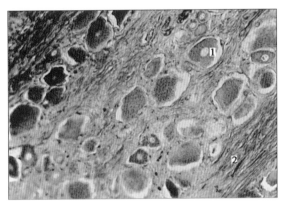

Fig 8-05　Spinal ganglion cell, silver-stained, ×400
1. neuron 2. nerve fiber

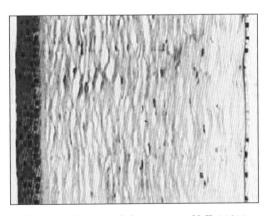

Fig 9-01　Section of the cornea , H-E, ×100

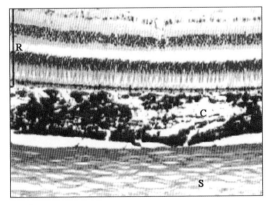

Fig 9-02　The wall of eyeball, H-E, ×100
R: retina C: choroid S: sclera

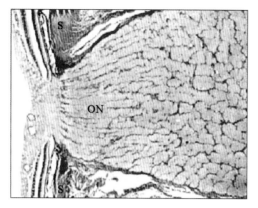

Fig 9-03　Section of the optic disc, H-E,×100

ON:optic nerve S:sclera

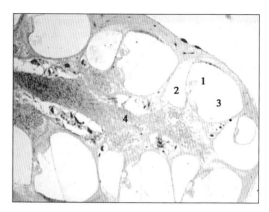

Fig 9-04　Section of the cochlea, H-E,×40

1. scala media 2. scala tympanic

3. scala vestibuli 4. modiolus

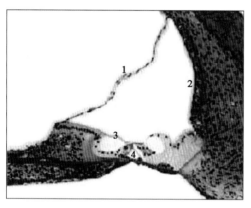

Fig 9-05　Membranous cochlear duct, H-E,×100

1. vestibular membrane 2. stria vascularis

3. tectorial membrane 4. inner tunnel

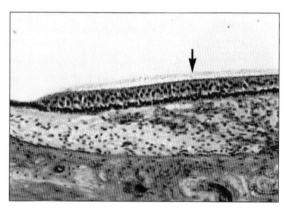

Fig 9-06　Maculae acustica:otolithic

membrane(↓), H-E,×100

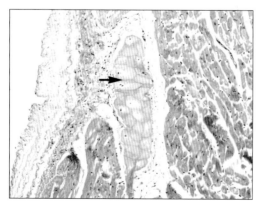

Fig 10-01　The wall of ventricle:Purkinje

fiber(↓), H-E,×400

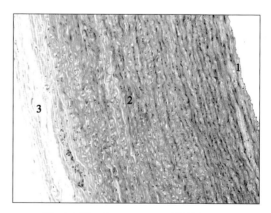

Fig 10-02　Large artery, H-E,×100

1. tunica intima 2. tunica media 3. tunica adventitia

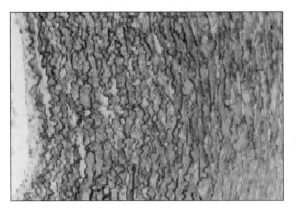

Fig 10-03　Large artery, stained for elastic lamina,×100

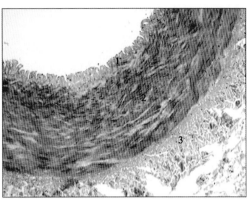

Fig 10-04　Medium-sized artery, H-E,×100

1. tunica intima 2. tunica media 3. tunica adventitia

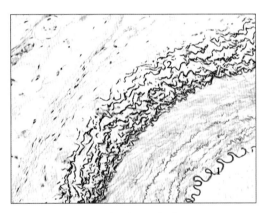

Fig 10-05　Medium-sized artery,
Weigert stain,×100

1. internal elastic lamina 2. external elastic lamina

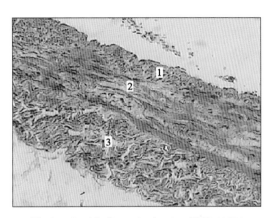

Fig 10-06　Medium-sized vein, H-E,×100

1. tunica intima 2. tunica media 3. tunica adventitia

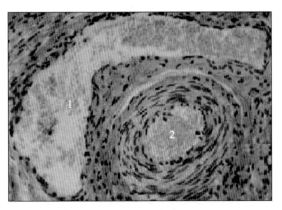

Fig 10-07　Small vessels, H-E,×100

1. small vein 2. small artery

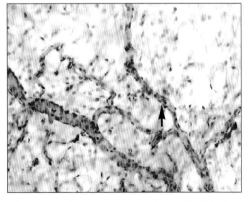

Fig 10-08　Loose connective tissue, H-E,×100

Capillary(↑)

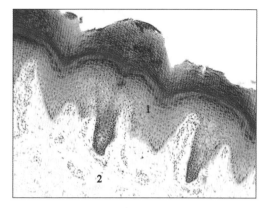

Fig 11-01　Skin, H-E, ×100

1. epidermis 2. dermis

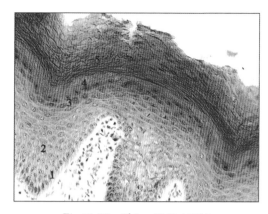

Fig 11-02　Skin, H-E, ×200

1. stratum basale 2. stratum spinosum 3. stratum granulosum 4. stratum lucidum 5. stratum corneum

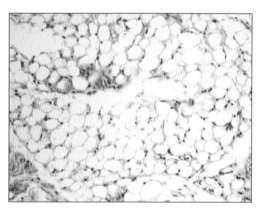

Fig 11-03　Hypodermis, H-E, ×100

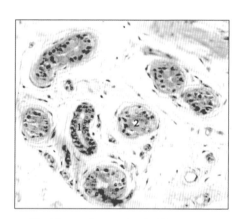

Fig 11-04　Sweat gland, H-E, ×100

1. duct 2. secretory portion

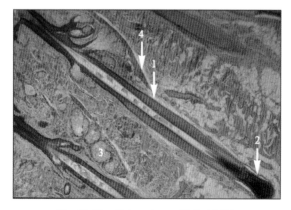

Fig 11-05　Epicranium, H-E, ×100

1. hair follicle 2. hair bulb 3. sebaceous gland 4. arrector muscle

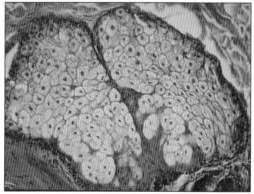

Fig 11-06　Sebaceous gland, H-E, ×400

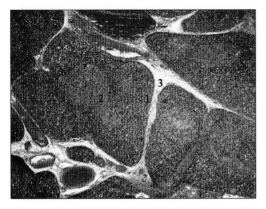

Fig 12-01   Thymus, H-E,×100

1. cortex 2. medulla 3. interlobular septum

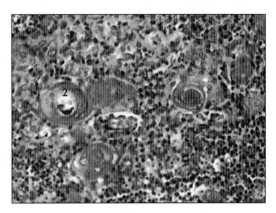

Fig 12-02   Thymus, H-E,×200

1. medulla 2. thymic corpuscle

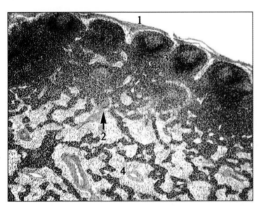

Fig 12-03   Lymph node, H-E,×100

1. capsule 2. trabecula 3. cortex 4. medulla

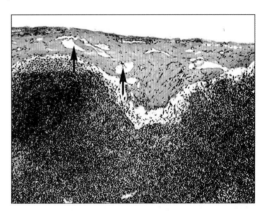

Fig 12-04   Lymph node H-E,×200

Afferent lymphatic vessel(↑)

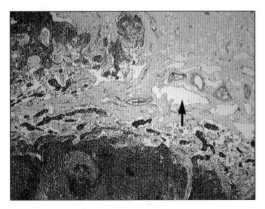

Fig 12-05   Hilus of lymph node H-E,×100

Efferent lymphatic vessel(↑)

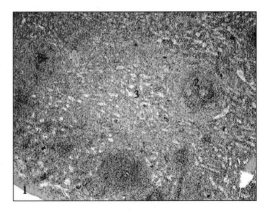

Fig 12-06   Spleen, H-E,×100

1. capsule 2. white pulp 3. red pulp

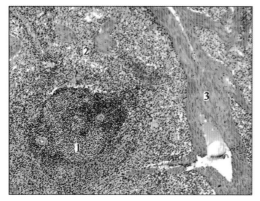

Fig 12-07　Spleen, H-E,×100

1. white pulp 2. red pulp 3. trabeculae

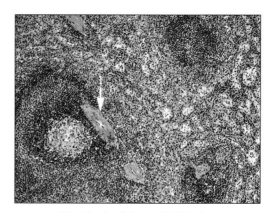

Fig 12-08　Spleen, H-E,×200

1. central artery 2. splenic corpusule

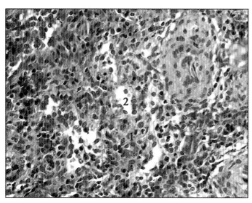

Fig 12-09　Spleen, H-E,×400

1. splenic cord 2. splenic sinus

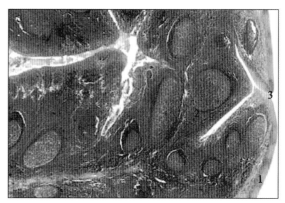

Fig 12-10　Palatine tonsil, H-E,×100

1. epithelium 2. lymphoid tissue 3. crypt

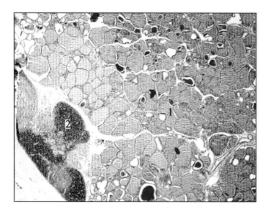

Fig 13-01　Thyroid and parathyroid
gland, H-E,×40

1. thyroid gland 2. parathyroid gland

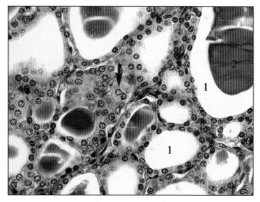

Fig 13-02　Thyroid gland, H-E,×200

1. follicle 2. colloid 3. parafollicular cell (↓)

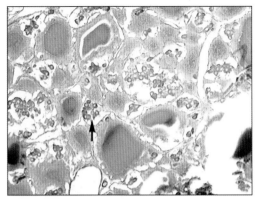

Fig 13-03　Parafollicular cell, silver impregnation stained, ×200

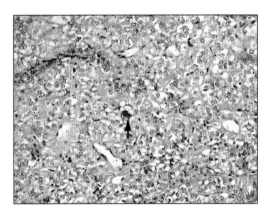

Fig 13-04　Parathyroid gland, H-E, ×200
oxyphil cell (↑)

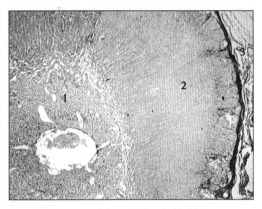

Fig 13-05　Adrenal gland, H-E, ×40
1. medulla 2. adrenal cortex 3. capsule

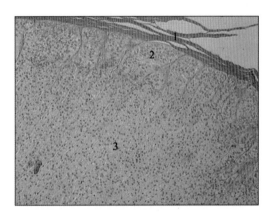

Fig 13-06　Adrenal gland, H-E, ×100
1. capsule 2. zona glomerulosa 3. zona fasciculata

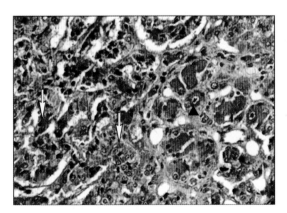

Fig 13-07　Adrenal gland, ×400
1. medullary cell (↓) 2. sympathetic ganglion cell (△)

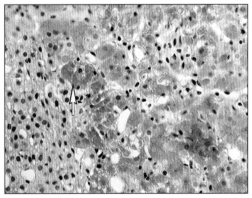

Fig 13-08　Adrenal gland, special stain, ×200
chromaffin cell (↑)

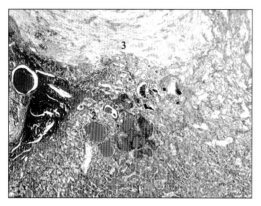

Fig 13-09　Hypophysis, H-E,×100

1. pars distalis 2. pars intermedia 3. pars nervosa

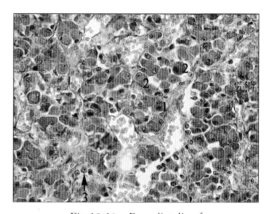

Fig 13-10　Pars distalis of
adenohypophysis, H-E,×400

1. acidophilic cell 2. basophilic cell 3. chromophobe

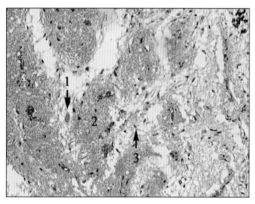

Fig 13-11　Pars nervosa, H-E,×400

1. Herring body 2. unmyelinated nerve fiber 3. pituicyte

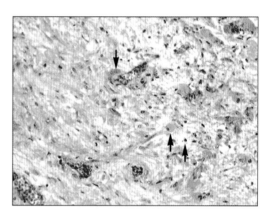

Fig 13-12　Pars nervosa, H-E,×400

pituicyte（↑）

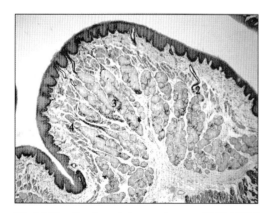

Fig 14-01　Section of the esophagus, H-E,×100

1. the stratified squamous epithelium 2. duct of the glands

3. esophageal glands 4. muscularis mucosae

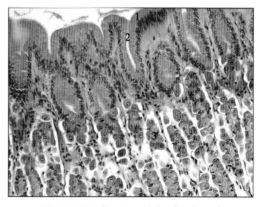

Fig 14-02　Section of the fundus of
stomach, H-E,×100

1. surface mucous cells 2. gestric pit 3. gestric glands

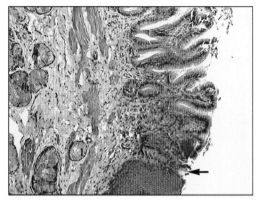

Fig 14-03　The junction of the esophagus
with the stomach, H-E, ×100
1. esophageal glands

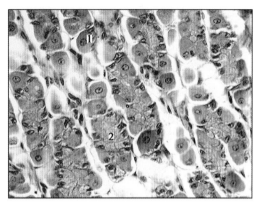

Fig 14-04　Section of the fundus of
stomach, H-E, ×400
1. parietal cells 2. chief cells

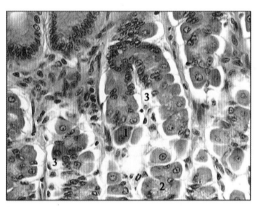

Fig 14-05　Fundic glands, H-E, ×400
1. parietal cells 2. chief cells 3. mucous neck cells

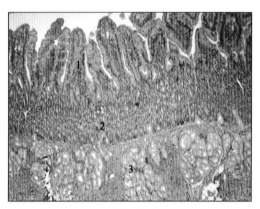

Fig 14-06　Section of the duodenum, H-E, ×100
1. villi 2. intestinal glands 3. duodenal glands

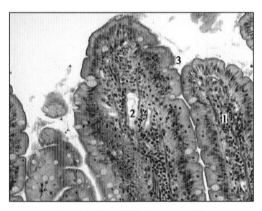

Fig 14-07　Villi, H-E, ×400
1. the intestinal villus 2. central lacteal
3. striated border

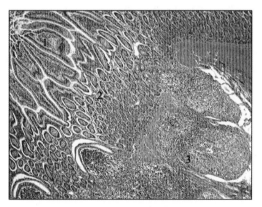

Fig 14-08　Section of the ileum, H-E, ×100
1. the intestinal villi 2. intestinal glands
3. aggregated lymphoid nodules

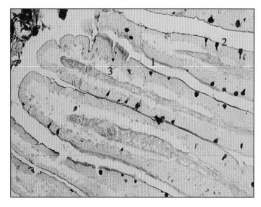

Fig 14-09　Villi, PAS raction, ×200

1. striated border 2. goblet cell 3. the intestinal villus

Fig 14-10　Myenteric nerve plexus, H-E, ×200

1. inner circular layer 2. outer longitudinal layer

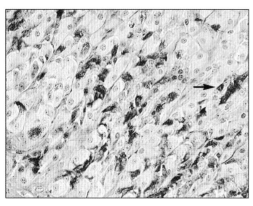

Fig 14-11　Argyrophilic cell of the
stomach, silver stain, ×200

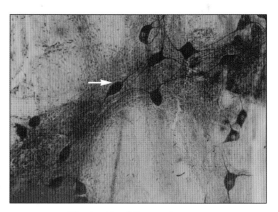

Fig 14-12　Myenteric nerve
plexus, silver stain, ×200

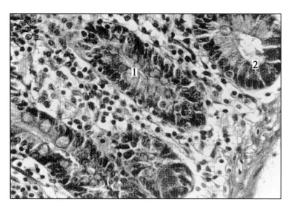

Fig 14-13　Paneth cells, H-E, ×400

1. intestinal gland 2. paneth cells

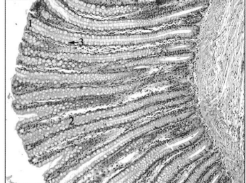

Fig 14-14　The mucosa of the colon, H-E, ×40

1. epithelium 2. intestinal gland 3. goblet cells

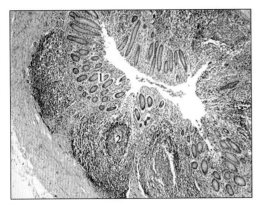

Fig 14-15　Section of the appendix, H-E,×40

1. intestinal gland 2. lymphoid nodule

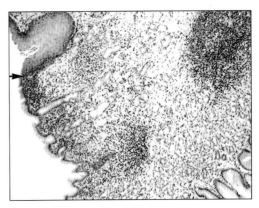

Fig 14-16　The junction of the rectum
with the anus, H-E,×100

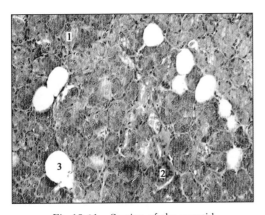

Fig 15-01　Section of the parotid
gland, H-E,×100

1. serous acinus 2. striated duct 3. fat cell

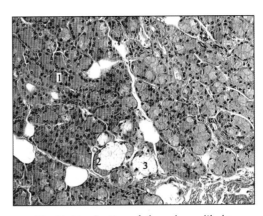

Fig 15-02　Section of the submandibular
gland, H-E,×100

1. serous acinus 2. demilune 3. mucous acinus

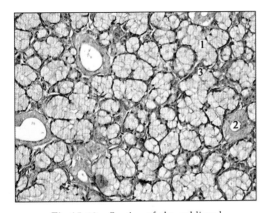

Fig 15-03　Section of the subligual
gland, H-E,×100

1. mucous acinus 2. striated duct 3. demilune

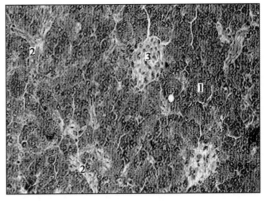

Fig 15-04　Section of the pancreas, H-E,×100

1. serous acinus 2. intercalated duct 3. pancreas islet

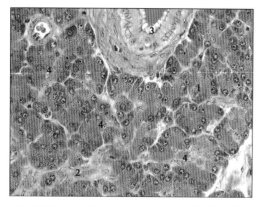

Fig 15-05　Section of the pancreas, H-E,×200

　1. serous acinus 2. intercalated duct

　3. interlobular duct 4. centroacinar cell

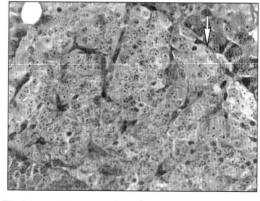

Fig 15-06　Pancreas islet (↓),Gomeri staining×400

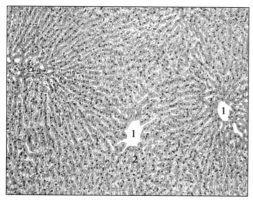

Fig 15-07　Section of the liver (human),

H-E,×100

　1. central vein 2. hepatic cord

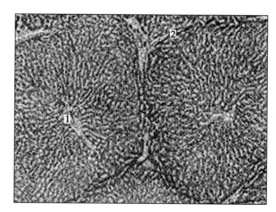

Fig 15-08　Section of the liver (pig), H-E,×40

　1. central vein 2. hepatic lobule

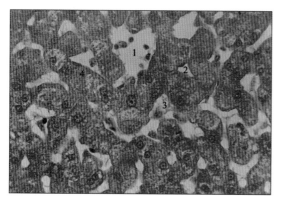

Fig 15-09　Section of the liver, H-E,×400

　1. hepatic sinusoid 2. endothelial cell

　3. Kupffer cell 4. hepatic cord

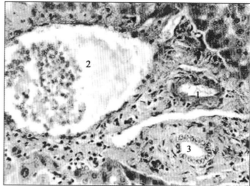

Fig 15-10　Portal area, H-E,×400

　1. interlobular artery 2. interlobular vein

　3. interlobular bile duct

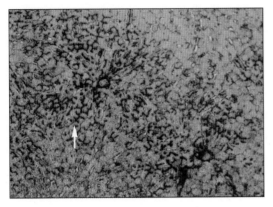

Fig 15-11　Section of the liver, Golgi stain, ×100

bile canaliculi

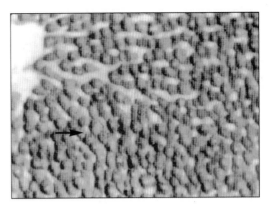

Fig 15-12　Glycogen in hepatocytes,

PAS reaction, ×200

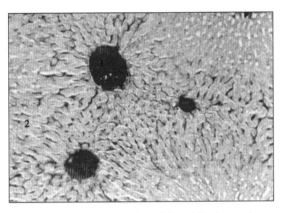

Fig 15-13　The injection of liver blood vessels

with carmine, methyl green stain×100

1. central vein 2. hepatic sinusoids

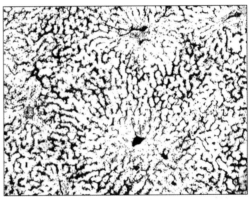

Fig 15-14　The injection of liver blood vessels

with placental blue, ×100

1. central vein 2. hepatic sinusoids

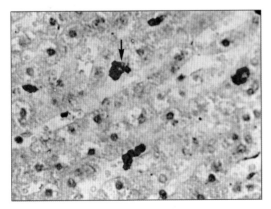

Fig 15-15　Kupffer cells, the injection

of Lithium Carmine, hematoxylin stain, ×200

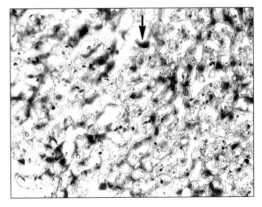

Fig 15-16　Section of the liver,

Gold-chloride stain, ×100

fat-storing cells

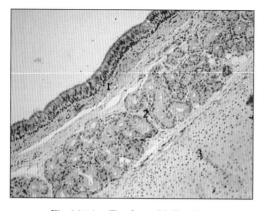

Fig 16-01　Trachea, H-E,×100

1. mucous membrane 2. submucosa 3. adeventitia

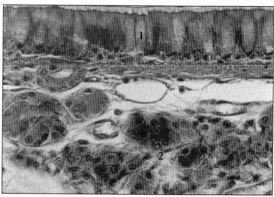

Fig 16-02　Trachea, H-E,×100

1. goblet cell 2. seromucous gland

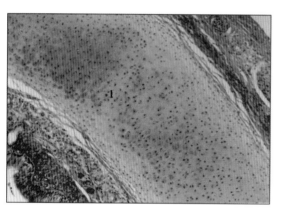

Fig 16-03　Trachea, H-E,×100

1. hyaline cartilage ring

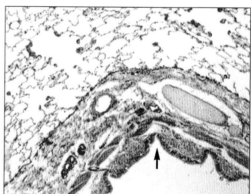

Fig 16-04　Small bronchi of lung, H-E,×100

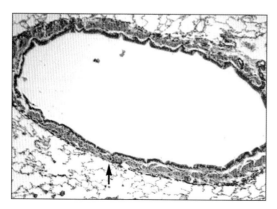

Fig 16-05　Bronchiole of lung, H-E,×100

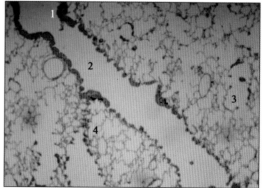

Fig 16-06　Lung, H-E,×100

1. terminal bronchiole 2. respiratory bronchiole

3. alveolar duct 4. alveolar sac

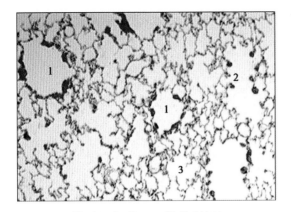

Fig 16-07 Lung, H-E, ×100

1. respiratory bronchiole 2. alveolar duct 3. alveolar sac

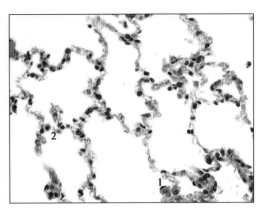

Fig 16-08 Lung, H-E, ×400

1. type I alveolar cell 2. type II alveolar cell

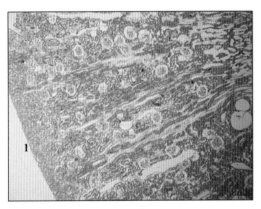

Fig 17-01 Cortex of kidney, H-E, ×100

1. capsule

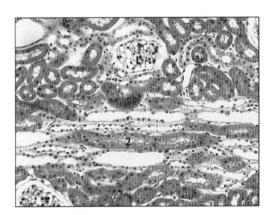

Fig 17-02 Cortex of kidney, H-E, ×200

1. renal corpuscle 2. medullary ray

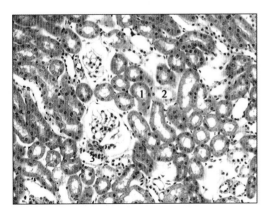

Fig 17-03 Cortex of kidney, H-E, ×200

1. proximal convoluted tubule

2. distal convoluted tubule 3. macula densa

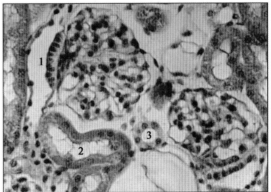

Fig 17-04 Cortex of kidney, H-E, ×400

1. macula densa 2. proximal convoluted tubule

3. distal convoluted tubule

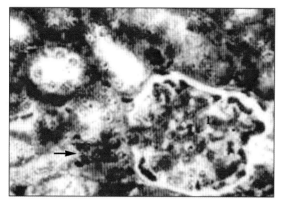

Fig 17-05　Cortex of kidney, Bowie staining×400

1. renal corpuscle 2. juxtaglomerular cell (↑)

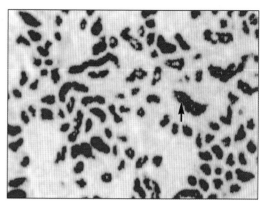

Fig 17-06　Contex of kidney, ACP ase staining×200

brush border (↑)

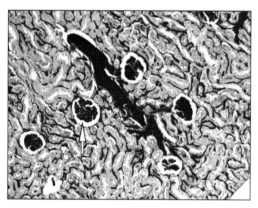

Fig 17-07　Renal blood vessel perfusion,×200

glomerulus (↑)

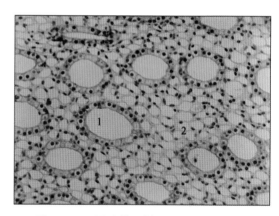

Fig 17-08　Medulla of kidney, H-E,×100

1. collecting tubule 2. thin segment

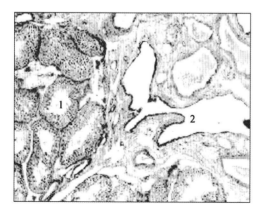

Fig 18-01　Section of the testis, H-E,×100

1. seminiferous tubule 2. rete testis

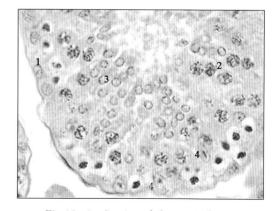

Fig 18-02　Section of the seminiferous

tubule, H-E,×400

1. spermatogonium 2. primary spermatocyte

3. spermatid 4. sustentacular cell

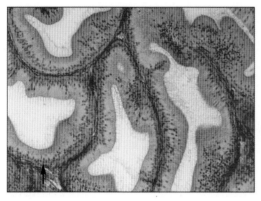

Fig 18-03　Section of the efferent duct, H-E,×100

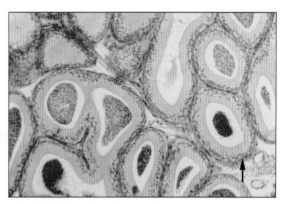

Fig 18-04　Section of the epididymal duct, H-E,×100

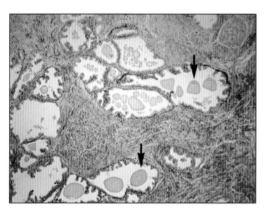

Fig 18-05　Section of the prostate
gland, H-E,×100
prostatic concretion(↑)

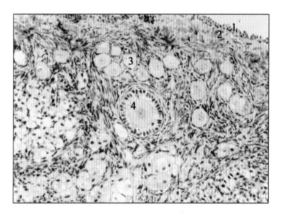

Fig 19-01　Ovarian cortex, H-E,×100
1. superficial epithelium 2. tunica albuginea
3. primordial follicle 4. primary follicle

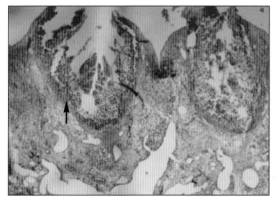

Fig 19-02　The wall of the follicle
after ovulation H-E,×100

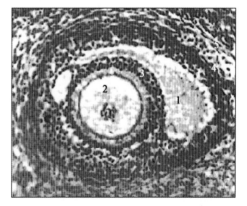

Fig 19-03　Secondary follicle, H-E,×100
1. follicular antrum 2. oocyte 3. cumulus oophorus
4. theca interna 5. theca externa

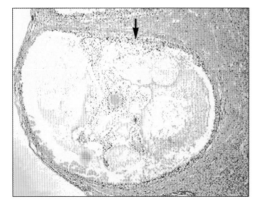

Fig 19-04　Mature follicle, H-E, ×100

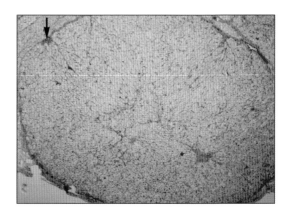

Fig 19-05　Corpus luteum, H-E, ×40

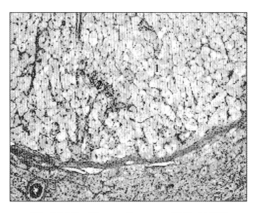

Fig 19-06　Corpus luteum, H-E, ×100

1. granular lutein cell 2. theca lutein cell

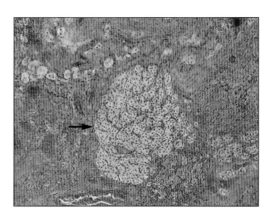

Fig 19-07　Interstitial gland, H-E, ×100

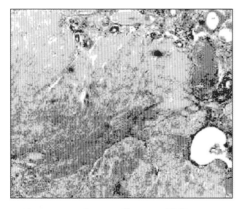

Fig 19-08　Corpus albicans, H-E, ×100

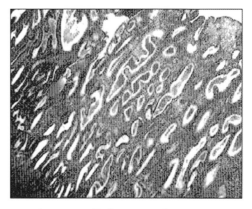

Fig 19-09　Endometrium in secretory

phase, H-E, ×100

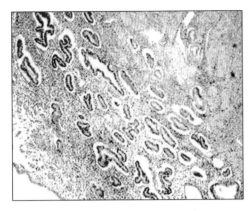

Fig 19-10　Endometrium in proliferative
phase, H-E,×100

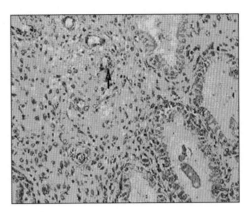

Fig 19-11　Section of the endometrium,
H-E,×100

spiral artery(↑)

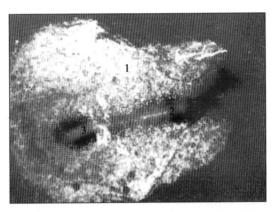

Fig 21-01　Chicken embryonic disc, carmine,×100

1. embryonic disc 2. primitive steak 3. primitive node

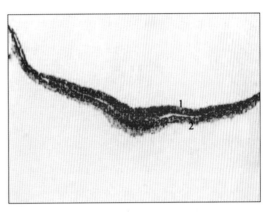

Fig 21-02　Chicken embryonic disc, H-E,×100

1. epiblast 2. hypoblast

Fig 21-03　Chicken embryonic disc, H-E,×100

1. ectoderm 2. endoderm 3. primitive groove

4. yolk granule 5. interembryonic mesoderm

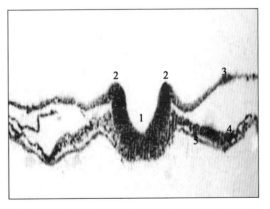

Fig 21-04　Chicken embryonic disc, H-E,×100

1. neural groove 2. neural fold 3. ectoderm

4. somite 5. endoderm

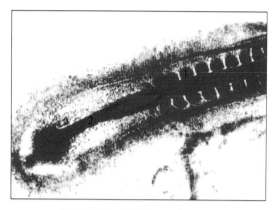

Fig 21-05　Chicken embryonic
somite, carmine,×100
1. somite 2. neural tube

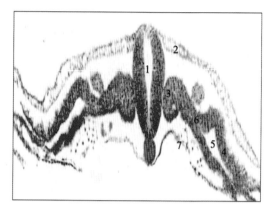

Fig 21-06　Chicken embryonic disc, H-E,×100
1. neural tube 2. ectoderm 3. somite
4. somatic mesoderm 5. primitive body cavity
6. intermediate mesoderm 7. endoderm 8. notochord

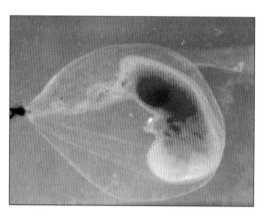

Fig 21-07　Human embryo（8 weeks）

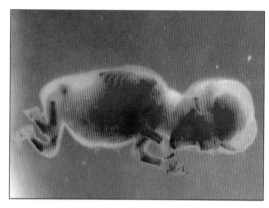

Fig 21-08　Human embryo（9 weeks）

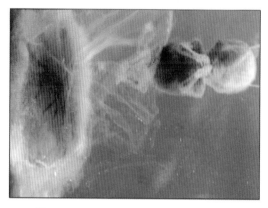

Fig 21-09　Human embryo（10 weeks）

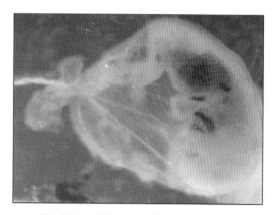

Fig 21-10　Human embryo（10 weeks）

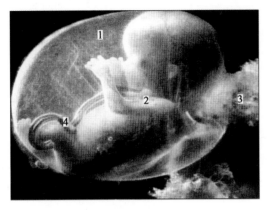

Fig 21-11   Human embryo (12 weeks)

1. amnion 2. fetus 3. chorion 4. umbilical cord

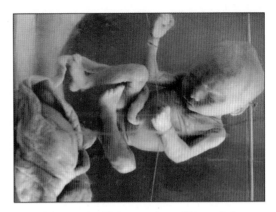

Fig 21-12   Human embryo (16 weeks)

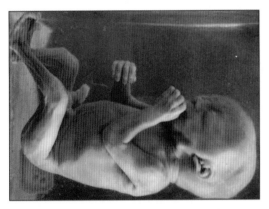

Fig 21-13   Human embryo (20 weeks)

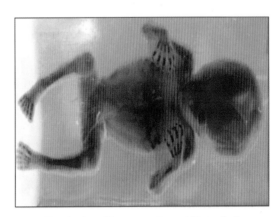

Fig 21-14   Human embryo (20 weeks)

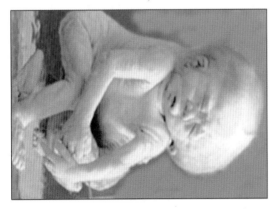

Fig 21-15   Conjoined twins

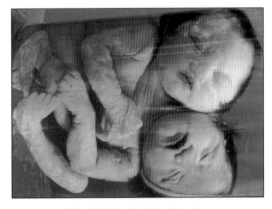

Fig 21-16   Conjoined twins

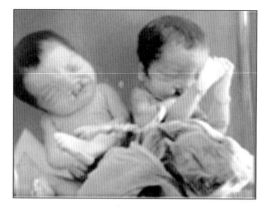

Fig 22-01　Cleft lip

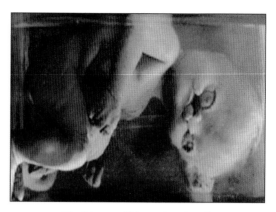

Fig 22-02　Oblique facial cleft

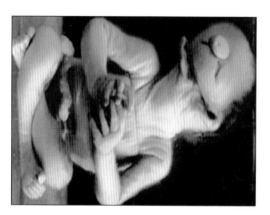

Fig 22-03　Face malformation

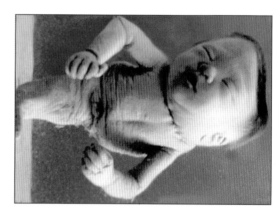

Fig 22-04　No lower limbs

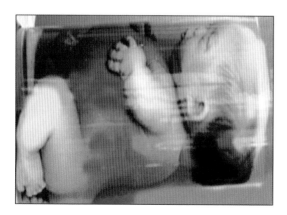

Fig 22-05　Short limbs

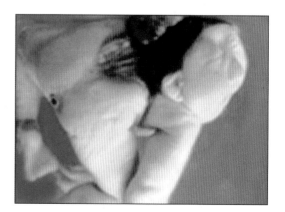

Fig 26-01　Anencephaly and myeloschisis

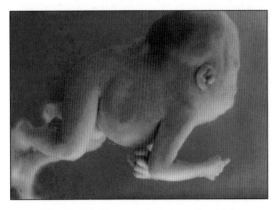

Fig 26-02　Short neck and myeloschisis

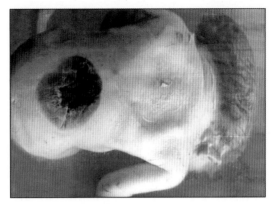

Fig 26-03　Meningocele